강화학개론

빈형 게임 판타지 장편소설

WISHBOOKS FANTASY STORY

강화학개론 13

빈형 게임 판타지 장편소설

초판 1쇄 찍은 날 | 2018년 7월 17일
초판 1쇄 펴낸 날 | 2018년 7월 24일

지은이 | 빈형
펴낸이 | 예경원

기획 | 위시북스
편집책임 | 이규재
편집 | 위시북스

펴낸곳 | 예원북스
등록번호 | 제396-2012-000132호
등록일자 | 2012. 7. 25
KFN | 제1-289호

주소 | 경기도 고양시 일산동구 호수로 646-24 위너스21II빌딩 206A호 (우)10401
전화 | 031-819-9431 팩스 | 031-817-9432
E-mail | yewonbooks@naver.com

ⓒ빈형, 2017

ISBN 979-11-89348-40-3 04810
        979-11-6098-321-0 (set)

강화학개론

빈형 게임 판타지 장편소설

WISHBOOKS FANTASY STORY

Wish Books

강화학개론

CONTENTS

Episode 54.
마왕 강림(1)

1

　순간 정적이 흘렀다.

　모두의 시선이 다급하게 외친 한시민에게 향했다. 그의 표정은 정말 일말의 장난기도 없었다. 누가 보면 살인 사건, 그것도 연쇄 살인마를 본 사람인 줄 알 정도.

　그가 다시 한번 외쳤다.

　"저 새끼 마왕이라고! 이런 미친! 진짜 마계 게이트를 열면 어떻게 해! 거기다 저건 마왕성으로 연결되어 있었을 텐데! 미친 흑마법사 놈들, 죽기 전까지 그걸 숨기고 개수작을 부리고 갔네."

　"……!"

목소리의 다급함만으로 왠지 모르게 바삐 움직여야 할 것만 같다. 한시민의 연기는 그 정도로 리얼했다.

뭐랄까. 마치 게임에서 처음 트라이하는 보스 패턴을 보고 피해야 하는데 파티원들이 당황해 멍하니 보고 있는 상황을 답답해하는 숙련자 같다고 해야 하나.

몇 초. 그 잠깐의 시간이 흐르고 정신을 가장 먼저 차린 황녀가 시선을 돌렸다.

그녀는 사실 정신을 차리는 것보다 한시민에게 달려가 안기는 걸 가장 먼저 하고 싶었다. 그리고 묻고 싶었었다.

몸은 다친 데 없냐고, 나는 보고 싶지 않았냐고, 보고 싶어 죽을 것 같았다고.

애교 부리고 힘껏 안겨 불안함을 떨쳐 버리고 싶었었다. 그건 여자로서, 사랑에 빠진 아내로서 당연한 생각이다.

하지만 황녀는 황제의 딸이다.

철혈의 황제, 대륙을 지배하는 지배자.

지금 그녀는 그런 지배자의 딸로서, 황제를 대행하는 황녀로서 이 자리에 서 있다. 안기고 싶은 사사로운 욕구보다 마왕이라는 단어에 반응해야 한다.

마왕과 한시민, 두 개의 사이에서 갈등은 그리 길지 않았다.

다른 사람들이 정신을 채 차리기도 전, 황녀의 시선이 냉철하게 마법진 위에 서 있는 천왕과 열 명의 천족을 훑었다.

한시민의 말이 맞으면 당장에라도 생포하기 위해 둘러싸는 게 맞지만, 혹시 모르기에.

한시민의 아내로서 판단했으면 바로 명령을 내렸을 것이다. 하지만 황녀로서 판단하기로 마음먹었기에 혹시 아닐 수도 있다는 가정도 해야 한다. 그것이 자질이다.

물론 눈초리에 이미 저 새끼들은 마족들이라는 가정이 잔뜩 깔리긴 했다. 그녀는 아니라고 하겠지만 천왕을 비롯한 천족들이 느끼기에 지금 그녀의 눈빛은 혹시 하는 마음에 검증을 한다기보다는 명분을 찾는 눈빛이었다.

뭐 하나 걸려만 봐라.

그걸 읽었기에 천왕이 다급하게 외쳤다.

"아니다! 우린 천족이다! 난 천왕이고!"

사실 이렇게 억울함을 호소할 필요가 없긴 하다.

천왕은 천계의 절대자다. 대신전을 비롯한 대륙의 모든 사제는 천왕, 그러니까 신을 대변하는 그에게 절대복종 하게 되어 있고 천왕임을 증명할 방법은 무수하게 많았으니까.

당장 그의 신성력을 마음껏 뽐내거나 이 자리에 위치한 교황에게 신탁을 내려도 그만이다.

그럼에도 그가 이렇게 억울함을 호소하는 이유는 하나. 그도 느꼈기 때문이다.

저 멀리 한시민의 곁에서 요염한 미소를 지은 채 손을 흔들고 있는 소녀.

마족으로서의 상징이 전부 사라진 모습의 마왕 에피아.

나도 저렇게 됐구나.

느껴지지 않는 신성력과 가벼워진 등. 그와 함께 떠오른 생각은 딱 하나였다.

'저 인간 놈, 영악하다!'

그게 무슨 개소리냐며 억울하게 외칠 틈도 없다.

저 표정, 저 말투, 저 억양. 불리한 건 이쪽이다.

천계에서나 혹은 마계에서나 성역을 들고 있는 천왕이 유리했지, 힘을 다 잃고 천족도 고작 열 데리고 온, 그마저도 역시 마찬가지로 힘을 잃은 최상급 천족뿐인 상황이다. 반면 저쪽은 지금 위치하고 있는 모든 인간을 조종할 수 있다.

적어도 천왕의 눈에는 그렇게 보였다. 그러니 해명해야 했다. 최소한 여기서 벗어날 정도의 시간은 벌어야 한다. 정말 똑똑하기에, 그리고 천계를 지금껏 지배해 왔기에 가능한 선택이었다.

모든 자존심을 버리고 고작 인간들을 말로 설득해야 하는 상황에서 단 한 치의 망설임도 없이 그런 결정을 내렸다는 건 천계에 길이 남을 순발력이라 해도 이상하지 않다.

하나 아쉽게도 상대는 황녀였다. 이미 콩깍지가 제대로 쓰인.

천왕은 그녀가 꼬투리 하나만 잡겠다는 의지를 읽었지만 아쉽게도 그녀는 천왕의 생각보다 더 한시민에게 빠져 있었다.

사실 믿고 있다. 한시민을 향한 믿음에 따른 명령은 이미 목구멍까지 올라와 있었고, 그런 그녀의 냉철한 눈빛이 무더기로 꼬투리를 캐치해 낸 상태. 천왕이 뭐라 변명하기도 전에 그녀의 입이 열린다.

"마왕과 마족들을 포위하라!"

"……아니, 아니라고!"

기사들을 포함한 병사들도 기다렸다는 듯 마법진을 둘러싼다. 엄청나게 넓은 마법진이지만 만약의 상황에 혹시 마왕이라도 나오지 않을까 싶어 대기한 병력이다. 흑마법사들과의 전쟁 때보다 수는 적지만 훨씬 정예로만 뭉친 느낌.

천왕이 당황했지만 상황을 되돌릴 수는 없었다. 지휘관뿐아니라 병사들마저 그들을 경계하고 있다. 이건 뭐 말로 어떻게 바꿔볼 상황이 아니다.

그럴 만했다. 적어도 천왕과 천족들이 보기엔 상황이 너무나도 절묘했다.

결국 흑마법사들이 발동시킨 이동 게이트, 마왕성과 연결된 게이트에서 그들이 나왔고, 모든 힘을 잃어 신원을 증명할 수도 없다.

넓게 깔린 마법진. 피가 여기저기 흩뿌려져 있고 마법진을 발동시키기 위해 희생된 흑마법사들의 시체들이 음산한 분위기를 풍긴다.

그리고 종지부를 찍는 천왕과 천족들의 옷에 묻은 혈흔들. 마족들을 죽이느라 절었기에 반박할 수 없다. 아니, 반박할 틈도 없다.

"생포하라! 반항하면 죽여도 좋다!"

뭔 말을 할 틈을 줘야 말을 하지.

그래도 신체 능력만큼은 어느 정도 받쳐 주기에 반항할 수 있었지만 천왕은 고개를 저었다.

지금은 무슨 말을 해도, 무슨 행동을 해도 통하지 않는다.

이런 상황을, 부정적인 상황이 닥치지 않기만을 바라며 넘어왔지만 어쩔 수 없다.

시간이 흐르고 잘못된 걸 바로잡아야지.

그나마 다행이지 않은가, 소멸되지는 않았으니.

천왕은 그렇게 믿었다. 아무리 마왕의 술수에, 함정에 걸렸어도 여긴 대륙이다. 대륙인들은 적어도 마왕에게 속아 혼란에 빠지지 않을 것이다. 최소한 교황을 비롯한 성녀만큼은. 조금의 힘만 되찾는다면 증명할 방법은 수도 없이 많으니까.

그렇게 천왕과 천족들이 마왕의 탈을 쓰고 생포당했다.

켄지의 왕국 쟁탈전은 실시간으로 중계되었다.

몰래 숨어든 작전부터 시작해 다이노의 화려한 마법들의 대잔치!

2차 각성 전까지 숨겨왔던 그의 마법들은 시청자들로 하여금 감탄을 내뱉게 하기 충분했다.

아니, 충분하다 못해 흘러넘쳤다. 메테오까진 아니지만 하늘에서 쏟아지는 작은 유성들의 폭격은 그야말로 어두운 새벽을 수놓는 불비였으니까.

굳건히 세워진 성벽을 비웃으며 안으로 쏟아진다.

성은 원래 하늘이 뚫려 있다. 이런 걸 예상해서 지붕을 만들어놓는 사람은 대륙에 누구도 없다. 해서 속수무책일 수밖에 없었다.

성안으로 쏟아지는 불덩이들, 그리고 성문으로 집중되는 화력!

성벽 위에서 방어하기 위해 공격을 날려대는 병사는 극소수에 불과했다. 그마저도 백여 명밖에 안 되는 켄지 길드에게 제대로 적중되지 않았다.

하늘에서 쏟아지는 불비를 피하기도 급급한데 어찌 적들을 막겠는가.

세상 화려하다.

켄지가 뿌듯한 미소를 띤 채 방송 상황을 살폈다.

이날을 위해 다이노에게 투자를 아끼지 않았다. 요즘은 전쟁보다, 그리고 그의 스펙업보다 다이노의 스토리 퀘스트에 더 많은 투자를 했을 정도다.

그럼에도 아직 스토리 퀘스트는 이제 막 반을 지났다고 한다. 얼마나 더 많은 투자를 해야 하는지 감이 잡히지 않는 상황. 그 걱정을 켄지는 지금 한 방에 지워 버렸다.

고작 반밖에 오지 않았는데 이렇게 강하다. 강해졌다. 원래도 전설의 대마도사라는 직업의 위력은 감히 대륙 그 누구와도 비교하기 힘들 정도로 대단했지만 그때보다 열 배 이상 강해진 느낌이다.

고작 퀘스트 두 개 깼는데.

돈?

하나도 아깝지 않았다. 원래 그는 사람에 투자하는 사업가다. 투자해서 능력 있는 인재를 구할 수 있다면 갖고 있는 사업체 몇 개 파는 것도 망설이지 않을 정도다.

한데 희망까지 보았다.

'넘을 수 있다, 시민.'

대륙에 다섯뿐인 레전더리 직업을 두 개나 가지고 있는 유저. 초반에 모든 걸 독점하고 지금도 메인 퀘스트를 독점하고 있는 유일한 유저.

그를 따라가 다른 방법으로 뒤집을 생각을 하고 있던 그에겐 촛불과도 같은 희망이었다.

세력과 정면승부.

둘 다 가능해질지도 모른다.

투자하는 데 망설일 필요가 조금도 없다.

하지만 그런 기쁜 마음과는 별개로 방송 시청자 수는 생각보다 많이 나오지 않았다.

결전의 날임에도 불구하고 전쟁을 준비하던 나날들보다 시청자 수가 적었다.

"……?"

뭐지.

순간 무난하게 왕국을 쟁탈할 것 같아 기뻐하던 그의 표정이 굳었다.

무슨 문제라도 있나?

다시 한번 확인해도 시청자 수는 변함이 없었다. 오만가지 생각이 다 들었다.

제아무리 켄지라고 해도, 세상을 주름잡을 부자라고 해도 방송하는 사람은 다 똑같다. 시청자 몇 명, 몇십 명에 울고 웃는다.

자신이 아무리 만족하는 컨텐츠라고 해도 시청자들이 마음에 들어 하지 않으면 시무룩하고 뭐가 잘못됐나 생각할 수밖에 없다.

다행히 켄지는 그 정도까지는 아니었다. 그는 자기 자신에 대해 냉철한 판단을 할 줄 안다. 공성전은 분명 압도적이었고 지금까지의 지루한 성벽 부수기 시간을 깔끔하고 확실하게 줄여 버렸다.

이에 대해선 분명 대리 만족이 있을 것이다. 실제로 방송 채팅창도 감탄으로 도배됐다. 해서 다른 방향으로 분석했다.

"새벽이라 그런가."

어스름한 새벽 시간대. 다들 자고 있어서 시청자가 더 없을 수도 있다.

그는 분명 감안했었다. 더 모으고 싶었다면 낮에 해도 상관이 없지만 그건 배와 배꼽이 뒤바뀌는 이야기.

그걸 감안하고서라도 너무 적다.

이유를 도저히 모르겠는 켄지가 채팅창을 보았다. 감탄이 흘러넘치는, 하나 그 사이 중간중간 보이는 방송과는 별로 상관없는 채팅들.

-시민 방 현재 마계 컨텐츠 마지막 에피소드 방송 중.

남의 방송을 방해하는 기생충 같은 놈들.

굳이 쫓아내지는 않았다. 어차피 쳐 내도 사라지지 않는 바퀴벌레들이니까.

다만 고개가 갸웃할 뿐이었다. 한시민이 방송 중이라는 걸 모르는 게 아니다. 하나 녹화 영상이기에 신경 쓰지 않았었는데.

저 방에 다 간 건가?

바쁘게 올라가는 채팅창을 끈기 있게 지켜본 켄지의 눈에 드디어 정답이 보였다.

-좌표 시민 방. 지금 녹화 영상 커트되고 생방 시작했는데 대박이다. 역대급임. 지금 마왕이랑 천왕 둘 다 대륙으로 넘어왔는데 황녀부터 시작해서 교황, 성녀까지 천왕을 마왕으로 착각하고 잡아갔다. 리얼 개대박 컨텐츠. 미친 시순…… 아니, 재미는 확실히 있는데 이래도 되는 거냐. 난 일단 알려주고 다시 간다. 오든 말든 알아서 해라.

녹화 영상이 아니었다.

생방.

한시민의 생방이 시작됐다.

마계 에피소드를 전부 감상한 시청자 모두가 놀랄 만한 대박 반전을 가지고서.

2

한시민의 방송을 꼬박꼬박 챙겨본 사람들은 안다.

꼼꼼하게 챙겨보지 않아도, 한 번 본 영상을 다섯 번씩 돌려본 애청자들이 아니어도 안다.

여섯 시간짜리, 열세 시간짜리 풀 영상이 몇 개나 돼도 그곳에서 워낙 임팩트 있게 등장했었으니까. 어쩌면 마계 에피소드의 주연급이었으니까.

마왕, 천왕.

이들은 유저에게 있어 최종 보스다.

판타스틱 월드의 끝. 종말에 이르러 잡아야 할지도 모르는 레이드 보스.

당연히 그냥 얼굴만 스쳐 지나가도 알아둘 사람들이 넘쳐흐르는데 심지어 영상에 출현해 존재감을 과시하고 자신이 어떤 자들인지 확실하게 보여주었다.

특히 마왕 에피아는 잊으려 해도 있을 수가 없다. 모든……은 아니지만 많은 남자의 취향을 저격하는 비주얼로 찾아왔으니까.

거기에 달달한 성격까지.

외모에 정반대되는 마왕의 포스는 시청자들로 하여금 한시민에게 이입해서 에피아와 사랑에 빠지기 충분한 시간과 매력이 있었다.

어쨌든 그러니 판타스틱 월드를 플레이하면서 한시민의 방송을 보는 이들 중 천왕과 마왕을 구분하지 못하는 유저는 없다.

심지어 돈이 없어 방송을 보지 못하는 유저들조차도 알 정도다.

캡처는 못 하지만 돈을 내고 한시민이 채널에 올린 사진 정도는 퍼갈 수 있었으니까.

굳이 사진을 보지 않아도 둘만 세워놓으면 구분하기 쉽다.

남성체와 여성체.

천왕은 남자, 마왕은 여자.

이보다 확실한 구분법은 없기에.

한데 마지막 에피소드를 방송하고 있는 녹화 영상이 끊기고 갑작스레 시작된 생방송에선 지금까지 그렇게 이해하고 납득해 왔던 시청자들을 한순간 멍하게 만드는 전개가 벌어지고 있었다.

마계가 아닌 대륙에서.

어떻게 된 거지. 대륙으로 온 게 성공한 건가.

혼란은 쉽게 해결되지 않았다. 그럴 수밖에 없다. 녹화 영상은 아직 대륙으로 넘어오지 않은 상황에서 끊겼으니까.

-어떻게 된 건지 설명 좀 해주실 분?

-아, 미친. 거의 다 나왔었는데 끊겼다.

-누가 가서 좀 보고 와라.

-생방송 중이라 이거도 끊기 애매하네. 아, 어떻게 하지.

-내가 희생한다. 가서 보고 지금 생방은 녹방으로 봐야지. 아, 궁금해서 도저히 못 참겠네.

역대급 반전이다.

물론 생각이나 관점에 따라선 그렇게 신선하게 다가오지 않을 수도 있다. 소설이나 드라마에 보면 흔히들 나오는 착각계 설정이기도 하니까.

마왕이 천왕으로 오해받고 천왕이 마왕으로 오해받는다. 그로 인해 주인공이 위기에 빠지고 그를 바로잡기 위해 대륙에 뿌리박은 악의 무리들, 기득권 세력들과 긴 싸움을 시작한다.

거대 세력, 대륙을 쥐고 있는 자들과의 전쟁. 그 뒤에 떡하니 버티고 서 있는 천왕을 가장한 마왕!

이런 내용들은 사실 조금 식상하다. 한데 한 번 꼬였다. 그런 착각을 만들어낸 게 주인공이다. 아니, 주인공이라고 할 수 있는지는 잘 모르겠다.

한시민은 어디까지나 일개 유저고 이건 개인 방송이며 굳이 선악을 따지자면 대륙에 해가 되는 악당의 편에서 기생하며 돈을 벌어먹은 기생충이니까.

　그런 자가 주도해서 천왕과 마왕을 바꿔치기했다.

　시청자들 입장에선 어안이 벙벙할 수밖에 없다. 게임을 즐기지 않는 시청자들은 신선하다면서 재미있게 볼 수 있겠지만 직접 게임을 플레이하는, 유저들은 마냥 웃어넘길 수 있는 상황이 아니었으니까.

　-뭐야, 어쨌든 선발대 돌아와야 알겠지만 결국 시민이 마왕을 천왕으로 바꿔치기하고 지금 대신전에 잡혀간 마왕은 사실은 천왕이라는 거 아냐. 천왕이 잡혀가고 마왕이 천왕이 돼서 마왕을 심문하는…… 뭐라는 거야, 미친.

　-야, 이거 그냥 봐도 되는 부분이냐. 이러면 우리 대륙이 마왕의 손에 좌지우지되는 거잖아.

　-근데 천왕은 왜 마왕으로 오해받아서 잡혀가는 거? 분명 마계에선 엄청 강했는데. 날개도 없어지고 뭔가 이상한데?

　-딱 봐도 그거잖아. 원래 마족들이 대륙 침공할 때 페널티 받고 오는 거, 그거인 거 같은데.

　대륙의 운명이 걸렸다. 뭐, 황제가 대륙을 통치하든 천왕을 가장한 마왕이 통치하든 사실상 영향을 별로 받지 않는 사람이 대부분이지만 그래도 방송으로 보는, 실상을 아는 유저들

입장에서는 뭔가 불안하게 느껴질 수밖에 없다.

그리고 부러웠다.

-시민이 대륙 먹는 거임?

-와, 얼마를 더 버는 거야.

-나 사제인데 그냥 신전 돈만 털어먹어도 ㄹㅇ 현실에서 건물 30 채는 산다.

군이 한시민의 성격을 생각해 보지 않아도 만약 내가 저기 서 있다면 앞으로 얼마나 어떻게 본을 뽑아낼 수 있을지에 대한 생각들이 마구 떠올랐으니까.

게임이 아니라 현실에서도 이미 증명된 바 있지 않은가.

-한 나라를 조종해도 평생 해 처먹을 돈을 만지는데 대륙을 쥐락펴락하면 얼마일까.

그렇게 이슈와 함께 켄지 방의 시청자 수는 빠르게 줄어들고 있었다.

대신전 지하 감옥.

천왕과 최상급 천족들이 감금당했다. 그러고는 방치당했다.

"……."

당장에라도 심문을 시작해도 이상하지 않다. 어찌 됐든 무려 마왕이라고 오해받고 있으니까.

마왕이 대륙에 강림했다. 심문이 아니라 당장 쳐 죽여도 되는 상황이다. 한데 이렇게 방치하고 있다니. 오해를 풀고싶은 마음보다 짜증이 더 난다. 하나 어쩔 수 없었다.

"서방님!"

"어, 잘 있었어?"

"대체 어떻게 된 거예요! 걱정했단 말이에요!"

오래전 저주에 걸렸던 황녀는 온데간데없고 이제는 애교가 잔뜩 장착되어 있는 영락없이 사랑에 빠진 황녀의 관심은 오로지 한시민에게만 가 있었으니까.

"아빠! 아빠!"

"어, 그래. 혜기도 잘 있었지? 아주 30만 골드도 잘 쓰고 잘 있었나 보네. 피부가 좋아졌어."

황녀뿐 아니라 성녀 또한 한시민 외엔 관심이 없었다. 또 한시민이 마계에 가 있는 동안 의도치는 않았지만 빼액이는 대신전의 사람들을 그녀의 편으로 끌어들였고 교황마저 자기편으로 만든 마당이다.

지금 천계 게이트를 통해 한시민을 구해낸 게 빼액이이기도 하고 황녀의 요청에 의해 수사 전권을 위임받은 상황!

마왕으로 오해받는 천왕을 심문해야 할 두 여자가 한 남자에게만 관심을 주니 방치당할 수밖에.

물론 둘은 공과 사가 확실한 사람들이다. 할 일은 한다. 한시민에 대한 관심도 중요하지만 그녀들이 해야 할 일에 소홀하지는 않았다.

"서방님, 죄송해요. 그런데 보다 정확한 정황에 대한 설명을 좀 해주실 수 있을까요?"

"암, 물론이지. 내가 하나부터 열까지 다 설명해 줄게."

문제는 그 공이 뭔가 사공이 되어가고 있다는 것이었지만.

황녀 또한 모험가들에게 들어서 한시민의 행보에 대해 어느 정도 알고 있다. 건너 들어야 한다는 불편함이 있지만 황녀에게 있어 그런 불편함 따위는 한시민의 근황을 알 수 있다는 이점에 비하면 불편함이 될 수가 없다.

보상을 주고서라도 물어보면 알려주겠노라 줄 서는 유저들은 운동장 두 바퀴를 세워도 부족할 정도로 많기에 그만큼 많은 정보를 취합해 신빙성 높은 상황을 유지하고 있었다.

"분명 마왕은 서큐버스라고……."

알 만큼은 다 안다. 직접 보지는 못했지만 이미 모험가 수백 명의 입을 통해 들은 내용이다. 전혀 연관성 없는 이들에게서 나온 만큼 믿을 만했다.

한데 그 믿음이 완전히 깨졌다. 황녀가 본 현실은 그와는 정반대였다.

한시민의 옆에 있는 소녀.

"얘가 천왕이야."

그녀가 천왕이라 하지 않는가. 혼란스러울 수밖에 없다.

"오빠 믿지?"

"……."

믿긴 믿는다. 믿지 않으면 여기까지 오지도 못했을 것이다. 그리고 한시민이 그녀에게 거짓말할 이유도 없다. 그녀에게 있어 한시민은 생명의 은인이고 동시에 평생 함께할 정인이다. 그런데 믿는 건 믿는 거고 다음 대륙을 이끌어 갈 황제로서는 의심을 하지 않을 수가 없다.

"하지만 다른 모험가들이……."

혼란스러울 수밖에 없다. 직접 본 게 아니니까.

결국 모험가들의 말은 한시민의 여정을 본 제삼자의 말들인

게 맞긴 하다. 해서 들어보기로 했다. 본인의 입으로 들어보고 납득이 가면 황녀는 언제든 그를 믿을 준비가 되어 있다.

그걸 알기에 한시민도 진지한 표정으로 말했다.

"내가 하나부터 열까지 다 설명해 줄 테니 잘 들어봐."

사실 천왕을 마왕으로 만든 건 즉석에서 내뱉은, 저도 모르게 툭 튀어나와 버린 실수 같은 것이었다. 그럴 생각 따위는 조금도 없었을뿐더러 설마 천왕이 진짜 대륙으로 올지조차 예상하지 못했다.

에피아가 그러지 않았던가. 마왕이고 천왕이고 가면 소멸될지도 모른다고.

원래 가진 게 많은 놈일수록 포기하고 싶지 않아 한다. 그런데 했다. 그래서 그도 어떻게든 살기 위해 일단 내뱉었다. 내뱉었는데 거기에 천운이 겹쳐 에피아처럼 힘을 잃은 상황이라는 것까지 알았다.

행운과 임기응변이 겹쳐 기회가 만들어졌으니 남은 건 스토리텔링이다.

대신전까지 오면서 대본은 충분히 써놓았다. 남은 건 설득. 한시민은 자신 있었다.

"사실 일부러 그렇게 내보낸 거야."

"……?"

"모험가들 사이엔 그런 게 있거든. 대륙의 위기를 해결해 주고 보상을 얻는. 그런데 난 천왕에게 비밀 퀘스트를 받았고 다른 모험가들에게 공유하면 내가 손해 보는 상황이라 어쩔 수 없이 마왕인 척 연기한 거야."

"……아."

"이기적이어서 미안해."

"아니, 아니에요!"

그에겐 필살기가 있었으니까.

푹 숙이는 고개, 내쉬는 한숨, 그리고 찡그린 표정. 세상 힘든 일은 자신이 혼자 다 짊어진 것 같은 느낌!

그의 연기에 황녀가 놀랐다. 그러곤 얼른 그를 품에 안았다.

"당연히 믿죠. 저는 믿어요."

"아냐, 다 내 책임이야."

"아니에요. 제가 오해해서 미안해요."

앞뒤가 하나도 안 맞는 스토리텔링 따위는 중요치 않았다. 중요한 건 둘의 신뢰가 절대적이라는 것이었다.

"그래도 증명해 줄게, 내 말을."

거기에 한시민은 쐐기를 박고자 했다.

별거 없었다. 황녀가 믿지 않았다 하더라도 한시민은 그녀의 마음을 돌릴 만반의 준비가 이미 되어 있었다. 그렇기에 자신 있게 삼자대면을 할 수 있었다.

지하 감옥.

외면당한 채 방치되어 있는 천왕에게 황녀와 함께 갔다. 에피아도 같이.

묘한 분위기가 절로 형성된다.

"저년이 서큐버스 여왕, 그리고 현 마계의 왕이다. 현혹되지 말고 내 말을 들어라."

그 침묵을 천왕이 먼저 깼다. 비록 붙잡혀 있는 신세지만 근엄하게.

힘은 제약당했지만 말 속에 담겨 있는 위엄은 감히 황녀조차도 쉽사리 무시하지 못할 만큼 대단했다. 누가 들으면 정말 그런가 싶을 정도.

거기에 피에 절었지만 입고 있는 옷들도 뭔가 신복이랑 느낌이 비슷하다. 정확히 판별할 수는 없지만 적어도 마족들이 입기엔 이상하달까.

원래 양쪽의 이야기를 들어보면 판단하기가 애매해진다. 서로의 입장 차이가 있기 때문.

결국 주관이 들어갈 수밖에 없다. 그러면 객관적인 판단이 힘들고 그는 곧 삼자대면을 하는 이유가 사라진다.

해서 한시민은 꺼내 들었다. 객관적으로 그를 믿게 할 수밖에 없는 증거를.

"보여주시죠."

한시민이 에피아에게 정중히 말했다. 성녀의 복장을 한 채 에피아의 뒤에서 마치 그녀를 보좌하는 듯 서 있는 삐액이. 그리고 마찬가지로 진짜 천왕이 있다면 이런 천사가 아닐까 싶은 비주얼로 성복으로 갈아입은 에피아가 품속에서 무언가를 꺼낸다.

그와 함께 쏟아져 나오는 신성력!

"……!"

천왕의 두 눈이 커졌다.

신물. 그것이 에피아의 품에서 모습을 드러냈다.

3

시간을 끌수록 불리한 건 한시민이다. 비록 힘이 제약되어 천왕이 자신의 신분을 증명할 길이 없다고 하지만 그게 영원히 지속되리라는 보장은 없으니까.

어찌 됐든 에피아는 마왕이고 천왕은 천왕이다. 그 본질은 변하지 않는다.

인간들이 저들의 신분을 확인할 방법이라곤 흑마력과 신성력, 그리고 외형적인 부분뿐이라는 게 문제긴 하지만 시간이 흐르고 천왕에게 생각할 여력이, 또 황녀를 비롯한 사람들이 천왕의 말을 듣고 생각할 시간이 충분히 주어진다면 분명히 한시민의 거짓말이 들통날 날이 올 것이다.

이는 변치 않는 진리다.

정의는 승리한다.

이 말이 괜히 나오는 게 아니다. 관심을 갖는 이가 있으면 언젠가는 진실이 밝혀진다.

한시민 또한 평생 속이고자 거짓말을 내뱉은 게 아니다.

잠시면 된다. 그 잠시를 위해 쉴 틈 없이 몰아붙일 생각이었다.

"마왕, 그대가 이렇게 나올 줄 알고 가져왔다. 날 증명할 물건을."

"아니, 그것은!"

함께 자리한 교황이 놀란 표정으로 저도 모르게 한 걸음 다가섰다.

그가 느끼지 못했을 리가 없다. 가만히 있어도 신물에서 흘러넘치는 신성력의 폭포는 피부가 따끔거릴 정도로 농밀했으니까.

그리고 그걸 들고 있는 자가 마왕일 리가 없었다.

"……"

천왕 또한 기가 막힌 상황에 할 말을 잃었다.

혹시 하는 마음은 있었다. 제발 아니겠지 하면서도 그럴 수도 있겠다는 생각 정도는 하고 있었다. 그렇기에 소멸을 각오하면서도 대륙으로 넘어오지 않았던가.

한데 직접 두 눈으로 보니 정말 피가 거꾸로 솟는 기분이다.

그럴 수밖에 없다. 차라리 천왕성에 있는 모든 것이, 아니, 천왕성 자체가 부서졌어도 이렇게까지 화나지는 않았을 것이다. 천계는 전부 그의 것이니까. 부서지면 다시 세우면 된다. 어차피 천왕은 그런 물질적인 것에 욕심이 없다.

다만 신물만은 말이 다르다.

신물은 말 그대로 신이 주신 선물이다. 수백만 년, 수천만 년을 거슬러 어쩌면 수억 년 동안 역대 천왕들이 신물만큼은 어떻게든 지키고 지켜 다음 천왕에게 물려주고 고스란히, 그리고 온전히 모아왔다.

그렇게 모인 숫자가 셋.

당연히 세월을 몸으로 담은 신물들의 가치는 하나하나가 감히 말로 표현할 수 없을 정도다.

천계의 역사가 담긴 물건이다. 또 신의 의지가 담긴 물건이다.

오죽하면 수만 년 전 한 번 마계에게 완전히 밀린 적이 있을 때도 천왕은 자신의 목숨을 희생해 가면서까지 신물만큼은 지켜 다음 대를 위해 숨겨두었을 정도다.

그 정도다, 신물은.

그렇게 지켜야 하고 다음 대에 건네주어야 하는.

그래야만 천왕의 위치가 선다. 모든 것을 걸고 지켜낼 힘이 있는 자만이 천왕의 자리에 앉을 수 있다.

그런 의미에서 천왕은 자격 박탈이었다. 박탈뿐 아니라 다음 대의 천왕을 볼 면목이 없다.

그뿐이랴. 선대 천왕들의 모든 노고가 물거품이 되는 순간이다.

세상에, 신물이 마왕의 손에 들어가는 날이 오다니.

눈앞이 아득해진다. 그럼에도 천왕은 정신을 부여잡고 물었다.

"두 개, 나머지 두 개는 어디 있지?"

반박한다거나 그건 사실 내 거라고 우길 생각조차 들지 않았다.

그저 확인하고 싶었다. 확실하게 듣고 싶었다.

두 개는 사실 어디 있는지 못 찾아서 하나만 들고 왔다고, 차원 이동 게이트에 필요한 신성력이 아리아의 것만으로는 부족해서 신물을 사용한 게 아니라고.

"아, 나머지 두 개? 사실 그것도 좀 가져와서 팔려고 했는데 아쉽게 대륙으로 넘어오려니 신성력이 조금 부족하더라고. 그래서 썼어."

"……."

하나 천왕의 희망과 기대는 한시민의 한마디에 무참히 깨져 버렸다.

"그렇다는 건……."

"응, 없어, 이제. 이 세상에. 아, 돌아가면 있을지도 모르겠다. 흔적 정도는?"

"……."

천왕의 몸이 부들부들 떨렸다.

그러거나 말거나 한시민은 회심의 미소를 지으며 황녀에게 말했다.

"얘 죽이지 말고 잘 붙잡아 둬. 어차피 죽어봤자 얼마 안 있어 마계에서 부활한대."

"네, 서방님."

뭔가 설렁설렁 넘어간 느낌이지만 공식적으로 천왕을 마왕으로 만드는 데 성공했다.

원하는 결말!

에피아가 죽느냐 마느냐의 갈림길에서 겨우 도망치던 그때를 생각하면 정말 통쾌한 복수가 아닐 수 없다.

이제 남은 건 대륙을 좌지우지하는 영웅으로의 발걸음뿐.

하지만 한시민은 섣불리 기뻐하지 않았다.

아직 아니다, 아직 모른다. 세상은 그렇게 호락호락하지 않다.

마음대로 세상을 날로 꿀꺽 처먹으려 한다면 분명 탈이 나게 마련이다.

그 예감은 곧 홀로그램을 통해 나타났다.

['시나리오 퀘스트: 4막'이 '시나리오 퀘스트: 4막-1(어둠의 진실)'로 변경됩니다.]

[어둠의 진실]

* 등급: Main
* 내용: 대륙은 희망을 되찾았다. 마왕을 잡고 흑마법사들을 소탕했다. 하지만 실상은 그렇지 않다. 보이지 않는 어둠, 대륙을 움켜쥔 어둠의 진실을 밝히자.

한시민. 대륙을 날로 처먹으려는 그를 향한 정의의 철퇴가 뽑혔다.

4

베타고는 개인의 행동에 시시콜콜 태클을 걸지 않는다. 유저가 어떠한 행동을 하든 그는 곧 또 하나의 세상에서는 특별하게 취급되지 않을 하나의 자연스러운 생리 현상이며 그 행동이 혹여 대륙을 망하게 할지언정 베타고와는 전혀 관련 없는 일이다. 베타고에게 선악은 중요치 않으니까.

유저들이, 그리고 NPC들이 선악이라 단정 지은 것 모두 사실은 베타고가 만든 것이다.

프로그램. 0과 1로 이루어진 데이터들. 당연히 0이 이기든 1이 이기든 베타고 입장에선 신경 쓸 필요가 없다.

유저들이 있어야 게임이 있다는 말 또한 생각이란 건 할 줄 모르고 회사의 이익보단 세상을 유지하는 데 모든 초점이 맞춰져 있는 베타고에겐 그리 중요한 말이 아니었으니까.

해서 한시민이 마왕을 데리고 와서 천왕으로 속여먹고 대륙을 찜 쪄 먹든 삶아 먹든 관여할 바 아니다.

하지만 퀘스트가 뜬 이유는 그 행동들이 게임이라는 틀, 유저들을 위해 배려하라고 베타고에게 입력된 단 하나의 지령을 따르는 퀘스트와 관련이 있기 때문이다.

메인 퀘스트.

현재 4막은 몰락한 흑마법사들과 그를 소탕하라는 내용으로 진행되고 있었다. 그런데 한시민이 개입했고 갑작스럽게 현재 등장할 이유가 없는 마왕과 천왕을 등장시켜 버렸다. 그러곤 천왕을 마왕으로 매도하고 가뒀다.

물론 여기까지만 했다면 베타고 또한 메인 퀘스트를 변경하지는 않았을 것이다. 이건 오로지 대륙에서 한시민만이 알고 있는 진실이니까.

한데 한시민은 이미 마계에서 방송을 켜고 마왕과 천왕의 얼굴을 수많은 유저에게, 전국민에게, 전 세계인에게 공개했다.

이런 시점에서 마왕이 잡혔다는 소식이 NPC들에게 알려짐과 동시에 몇몇 유저는 사실은 그게 아니다, 잡힌 것은 천왕이라는 말을 꺼냈다.

그게 메인 퀘스트 변경의 조건이었다.

4막부터는 모든 유저에게 공평하게 메인 퀘스트가 주어진다. 당연히 4-1막 또한 마찬가지였고 이해하지 못하는 유저들에겐 참여할 자격이 제한된다.

막는 게 아니다.

뭘 알아야 참여를 하지.

-이게 뭔 말임?
-무슨 뜻인지 설명 좀 해줄 사람.

실제로 대부분의 유저는 4막도 제대로 참여하지 못할 만큼 레벨이 낮다. 거기서 바뀐 퀘스트의 내용을, 설명도 없이 힌트만 가득한 걸 이해할 수 있을 리가 없지 않은가.

그래도 대부분의 유저는 이해를 했다.

그게 중요했다. 한시민에겐.

"하, 귀찮아 죽겠네."

살짝 후회가 됐다. 레전드를 찍은 마계 영상들은 이미 백억 대가 넘는 돈을 통장에 찍어주었고 지금도 매일매일 최고 매출을 찍고 있어 땅을 치고 후회할 정도는 아니었지만.

그래도 만약 영상을 공개하지 않았더라면, 아니, 공개하지 않는 건 말도 안 되고, 녹화만 해놓고 나중에 풀었더라면 어땠을까 하는 후회랄까.

뭐, 이렇게 될 줄 꿈에도 몰랐으니 과거로 돌아간다 해도 같은 선택을 했었을 것이다. 해서 귀찮아진 상황을 탓하지 않고 정면 돌파하기로 했다.

메인 퀘스트가 바뀌고 그것을 이해한 유저들이 할 행동은 뻔하다. 적어도 한시민은 그런 뻔한, 예측 가능한 일들에 당황하지는 않는다.

그가 바쁘게 움직이기 시작했다.

유저들은 한시민이 대륙을 어떻게 찜 쪄 먹든 말든 신경 쓰지 않는다. 그들에게 크게 영향이 끼치는 것도 없을뿐더러 체감도 하지 못한다.

당장 눈앞에 있는 몬스터 한 마리 처리하기도, 성내의 일반 NPC의 퀘스트를 완료하기도 급급한데 대륙의 정세 따위 알게 뭔가. 현실의 나라 돌아가는 꼴도 게임 하느라 챙기지 못하는 판에 그런 거 신경 쓸 겨를이 없다.

한데 메인 퀘스트가 걸렸다. 그러면 말이 달라진다. 갑자기 어떤 피해를 보는 건 아니지만 여기에 신경을 쓰고 힘을 보태면 보상을 얻을 수가 있다.

그것도 메인 퀘스트 보상.

메인 퀘스트 보상이 빵빵하고 그것들을 독식한 유저들이 지금 판타스틱 월드에서, 3천만이 넘는 유저가 플레이하는 게임에서 얼마나 유명세를 타고 잘나가는지 모르는 사람은 없다.

그렇기에 지금 상황이 어떻게 흘러가는지 아는 유저들은 힘을 합쳤다.

-항의하러 가실 분 구합니다.

-촛불 집회 열자.

-대륙을 이대로 내버려 둘 순 없다!

혼자 가는 유저는 없었다. 뭐만 하면 어떻게든 혼자 독식하려고 발버둥을 치는 유저들임에도 신기하리만치 움직임이 적고 눈치를 본다.

그럴 수밖에 없다. 방송으로 보면, 그것도 한시민을 비롯해 극소수 PJ의 방송에서의 이야기일 뿐이지만 거기선 다들 높은 작위의 NPC들과 이야기도 하고 거래도 하지만 실상 시청하는 유저들의 수준은 거기까지 되지 않는다.

게다가 여긴 현실이 아니다.

자유민주주의?

그딴 건 개나 줘버린 세상에서 홀로 목소리를 내는 것만큼 위험한 행동이 없다는 걸 대부분은 안다.

실제로 뭣도 모르고 어그로 좀 끌겠다고 거리로 나가 당당하게 영주에게 향했던 일부 유저는 그대로 참형에 처해졌다.

그들의 목소리가 윗선에 닿기도 전에, 그냥 현 황제의 사위를 능멸했다는 이유만으로.

그런 세상이다, 이곳은.

당연히 조직적으로 움직여야 한다.

그래도 힘들지도 모른다.

-처음엔 별거 아니라고 생각했는데 이거 난이도가 왜 이러냐.

-여긴 종교 자유 개뿔 취급도 안 해줘서 이거 자칫하면 이단으로 몰려서 평생 도망 다녀야 할지도 모름.

-와, 며칠 사이에 메인 퀘스트 난이도가 미쳤다.

나름 똑똑하다고 인정받은 유저들이 머리를 맞대고 생각해 보아도 답은 쉽게 나오지 않았다.

당연한 이야기다. 애초에 판타스틱 월드는 유저에게 친절한 게임이 아니었고 지금에 와서야 조금 벽이 허물어진 상태다. 그리고 그걸 뚫어내는 건 기득권을 무너뜨리겠다는 것과 다르지 않다.

-시민에게 놀아나는 국정 농단! 바로잡자!

물론 유저들은 이런 상황이 좋다. 지루하게 사냥하는 것보다 이루기 힘든 메인 퀘스트를 깨는 편이 훨씬 의미가 있으니까.

커뮤니티가 다시금 뜨겁게 달구어졌다, 오랜만에.

자연스럽게 왕국을 정복한 최초의 모험가 켄지에 대한 내용은 묻힐 수밖에 없었다.

Episode 54.
마왕 강림(2)

5

술집 안.

저들이 사냥의 회포를 푸는 곳임과 동시에 일상의 피로를 풀기 위해 모이는 장소. 그곳은 언제나 시끌벅적하다.

수십 명이 모여 하는 이야기는 저마다 다 다르고 개인의 감정을 표출해 낸다. 당연히 비밀스러운 이야기도 흘러나오고 또 평소엔 접하기 힘든 사건·사고들도 여기서 귀를 기울이고 있으면 주워들을 수 있다.

하나 그 가운데서도 공통적으로 들리는 이야기는 늘 정해져 있다.

열 팀이 있으면 적어도 네다섯 팀은 한 번쯤 꺼내는 화두.

판타스틱 월드의 유행과 핫이슈.

어쩔 수 없다. 아무리 현실 같은 게임이라 해도 결국은 게임이다. 현실의 정치는 신경 쓰지 않아도 판타스틱 월드 돌아가는 사정 정도는 알고 살고자 하는 게 유저들이다. 체감되는 부담감이 확 줄기 때문에 흥미도 동한다.

현실에서야 나라가 누구의 손에 쥐락펴락하니, 누구를 찾아야 하니, 그동안 해 처먹은 게 얼마니 하는 이야기를 들어봐야 내가 이런 지옥에서 살고 있구나, 하지만 벗어날 수는 없구나 하고 머리만 아프지 바꿀 수 있는 게 아무것도 없지만 판타스틱 월드는 다르지 않은가.

여기서도 역시 바꿀 수 없는 건 마찬가지지만 뭐라 할까. 직접 경험하는 스릴? 역사의 한복판에서 세상이 망하든 뒤집히든 누구의 손에 돌아가든 난 결국 잃을 게 아무것도 없다는 안도?

최악의 상황이라 해봐야 게임을 그만두는 것일 테다. 그것도 흥미를 잃고 나서겠지.

어쨌든 그래도 내 삶은 여전하고 이렇게 현실성 넘치는 세상을 포기해야 한다는 아쉬움은 있겠지만 그래도 결국은 또 다른 대체재가 나올 테고 사람들은 다시금 거기에 익숙해지면 된다. 그래서 재미있다.

이야기를 들으면서 '와, 대박이네. 내가 지금 비록 게임이지만 역사에 기록되고 있는 전쟁의 한복판에 서 있구나. 2차 대전 사람들의 심정이 이렇지는 않겠지만 긴장이 많이 됐겠구나' 하고 경험할 수 있다.

전쟁이라곤 담을 쌓고 살아가는 현대인들에게 이런 경험은 신선하다. 그러다 보니 핫이슈에 대한 이야기는 자연스럽게 알고 있는 이는 언성을 높여 떠들어 대곤 했다. 내가 꺼내지 않아도 다른 테이블에서 주워듣는 이야기만으로 열 번은 들을 정도로.

한데 오늘은 조금 더 많았다. 빈도가 잦았다. 술집에 조금 앉아 있었다 싶은 사람은 평소보다 두 배에 달하는 양을 반복해서 들은 기분일 것이다. 그럼에도 누구 한 명 같은 말 그만하라고 말리는 사람이 없다.

"집회 나갈 거냐?"

"무슨 집회?"

"메인 퀘스트. 지금 대륙이 마왕한테 먹히려고 한다고 그거 알린다고 집회하고 난리잖아."

"여기가 무슨 남한이냐. 촛불 들고 시위하게. 그랬다간 그거 알리기는커녕 왜 내 왕국에서 지랄하냐고 왕이 먼저 싹 다 쳐 낼걸?"

"그래도 어쩌겠냐. 이미 벌써 수천 명은 제국에 가서 보상 얻어보겠다고 황궁에 돌진해 한목숨 날려가면서 말해봤다는

데. 한 4천 명쯤 몸을 던졌을 땐가, 황녀가 어디 한번 들어보겠다고 들여보내 줬던 적이 있는데 그때 대표로 들어갔던 유저가 증거에 유저 시스템에 어떻게 돌아가는지까지 상세하게, 거기에 퀘스트 시스템까지 덧붙여 가며 말했는데 씨알도 안 먹혔다더라."

"그래서?"

"그래서는. 이대로 메인 퀘 포기할 거 아니면 어떻게든 바꿔야지."

"……뭔 수로?"

"몰라. 상위 랭커들이 계획은 짜놨대. 이거 잘못 해서 마왕하고 손잡은 유저가 판월 먹으면 전부 개돼지처럼 살 수도 있다기에 나도 참여하려고. 그래도 명색이 메인 퀘스트인데 참여해서 잘되면 보상도 받고 좋잖아."

"그래? 어디서 하는데?"

"지정된 왕국들이 있던데. 너도 하려면 나랑 같이 가자."

그냥 그 시대의 분위기를 직접 느끼는 것에서 벗어나 참여할 기회까지 주어졌기에.

설렌다.

현실에서 평화적인 집회 한 번 나가는 것에도 많은 준비와 다짐이 필요하지만 여기선 목숨을 내걸어야 한다. 그럼에도 무언가 해서 바꿀 수 있지 않을까 하는 마음은 유저들로 하여금 게임의 의욕을 불러일으키고 있었다.

비록 현실에선 침묵했던 사람들도 판타스틱 월드에서만큼은 나섰다. 그것이 보상 때문이든 혹은 정말 이 게임을 사랑하는 마음에서 대륙이 마왕에게 잡아먹혀 더 이상 이 평화를 누리지 못할까 걱정되기 때문이든.

상위 랭커들을 중심으로 한 진실 알리기 대프로젝트는 계속해서 퍼져 나갔다. 판타스틱 월드를 플레이하는 유저들에게, 그리고 더 멀리멀리, 모든 대륙에.

밑의 유저들이야 재미로, 혹은 메인 퀘스트 보상으로, 혹은 분위기에 휩쓸려 참여한다고 하지만 상위 유저들의 경우엔 상당히 진지한 자세로 변경된 메인 퀘스트에 임하고 있었다.

모든 걸 다 걸고, 혹은 게임 인생까지 걸 각오로 도전하고 있다는 느낌마저 날 정도.

그걸 증명하듯 평소엔 어떻게든 서로 견제하려고 호시탐탐 노리던 최상위 유저들이 별 반발 없이 서로 협조하는 데 동의하지 않았는가.

특히 최상위, 이제 막 하나둘 영지를 얻고 작위를 얻고 있는 이들에게 있어 이번 퀘스트는 상당히 민감할 수밖에 없었다.

어찌 보면 기득권 세력에 이제 막 탑승한 상황인데 그 피라미드 꼭대기에 있는 자, 아니, 그 꼭대기에 빨대를 꽂은 한시민에게 반기를 드는 셈이니까.

"차라리 마왕을 죽이라고 하는 거였으면 어떻게든 해볼 텐데. 너무 힘든 싸움이다."

"솔직히 이거 될까."

"차라리 돈 바치면서 비위나 맞추는 게 좋지 않을까."

모든 게임을 계산하고 상황에 따라서 억 단위를 투자하기를 망설이지 않는, 켄지만큼은 아니지만 그만큼 열정이 있는 유저들마저도 한숨이 나올 정도로 어려운 퀘스트.

단체로 반란이라도 일으켜야 어떻게 답이 보일 정도다. 하나 지금 마왕이 대륙을 지배하려 한다는 건 오직 유저들만이 아는 진실이다. 그마저도 모르는 유저가 많고.

현재 커뮤니티나 입소문을 통해 퍼뜨리고는 있지만 어찌 됐든 NPC들이 동조해 주지 않는 이상 무력으로는 절대 답이 없다.

황제와 갓 걸음을 떼고 있는 유저들. 정치적으로 봐도 왕국들이 도와줄 리가 없으니까.

해서 현명한 유저들은 갈등을 많이 했다. 만약 한 가지 문제만 아니었다면 당장에라도 고민할 필요 없이 한시민이라는 카드를 택했을 것이다.

"아씨, 이거 메인 퀘스트 안 깨면 다음 퀘스트를 못 받잖아."

메인 퀘스트!

유저들이 힘을 합치지 않으면 포기하는 셈이 되어버린다.

물론 3막 역시 유저들이 참여할 자격도 되지 않아 아무도 참여하지 않았음에도 넘어가 버렸지만 그건 스페셜리스트가 그들만의 조건으로 퀘스트를 클리어했기 때문이다.

이번 역시 마찬가지.

누군가 깨면 넘어가겠지만 못 깬다면?

평생 메인 퀘스트는 없는 셈 치고 게임을 플레이해야 한다.

다른 방법이 정 없는 건 아니다.

"시민 그 사람이 마왕 데리고 대륙을 지배하면 어떻게 되는 거지?"

"뭘 어떻게 돼. 헬조센이 대륙에서도 펼쳐지는 거지."

마왕의 대륙 정벌.

그러는 순간 메인 퀘스트는 더 이상 NPC들에게 알려봤자 의미가 없으니 사라지게 될 테고 다음 메인 퀘스트 내용으로 빼앗긴 대륙을 찾으라는 퀘스트가 주어지겠지. 그리고 유저들은 그럴 만한 힘을 기를 때까지 착취 속에서 살아야 할 테고.

뭐가 달라지겠느냐만 뭔가 어감이 상당히 찝찝하고 불안하지 않은가.

마왕, 마족들의 대륙 침공, 속에서부터 썩어 빼앗겨 버린 대륙.

그 뒤의 미래?

아무것도 장담할 수 없지만 유저들은 그래도 게임에 대한 애정 때문에 메인 퀘스트를 택했다. 택했고 후회하지 않기 위해 분주히 움직였다.

그리고 그 선두엔 이제 막 왕국을 점령하고 채비를 갖추던 켄지가 있었다.

"섣부른 움직임은 위험합니다. 제 말에 따라주세요."

물론 대부분의 유저는 그런 켄지의 말에 쉽게 따르지 않았다. 적어도 문제의 심각성을 모르는 이들에게 이건 하나의 이벤트였으니까. 친구들끼리, 동료들끼리 즐기는.

그런 유저들이 하나둘 쥐도 새도 모르게 잡혀갔다.

6

잡혀간 유저들은 그냥저냥 이름이 알려진, 그렇다고 유명하지는 않은 왕국에서 시위를 했었다.

40~60레벨 유저들이 사냥하기 위해 자주 찾고 무역으로 유명한 왕국. 그리 크지도 않아서 한 1주일이면 왕국 내 모든 영지를 둘러볼 수 있는, 하지만 또 돈은 많아서 꽤 발달된 곳.

"대체 왜 잡아온 것입니까!"

다섯이서 불안한 표정으로 병사들에게 둘러싸여 외친다. 막상 재미로 나와보긴 했는데 이렇게 잡혀오니 불안하다. 뭐하면 그냥 로그아웃하면 그만이긴 하지만 그래도 현실이나 게임이나 신변을 구속당하는 기분은 그리 좋지 않다.

그런 그들에게 다가온 NPC가 물었다.

"모여서 뭘 하고 있던 것인가."

그리 화가 나 보이지는 않는 표정. 하지만 냉철한 게 모험가들 따위에게 겁을 내는 것 같지는 않았다.

유저들은 잠시 침을 삼키며 심호흡을 한 뒤 말을 꺼냈다.

"대륙인들이 알아야 할 중요한 정보가 있습니다!"

"……중요한 정보?"

"예! 이건 모험가들만이 알 수 있는 방법으로 입수한 정보입니다. 이미 해당 모험가가 인증까지 한 상황이고 전 대륙에 이 정보를 알고 있는 모험가가 수두룩합니다. 하지만 해당 모험가는 황녀와 더불어 성녀까지 그의 편으로 만들어 대륙을 위기에 빠뜨리려고 하고 있습니다! 이를 알아야 합니다!"

"……."

"진짜입니다. 믿어주십시오!"

진심을 가득 담은 이야기들. NPC의 표정이 조금 진중해졌다. 그와 함께 유저들의 눈앞에 홀로그램이 나타났다.

[퀘스트를 완료했습니다.]

[레벨이 올랐습니다.]

"헉!"

그저 진실을 알리는 것만으로도 오르는 레벨!

물론 레벨이 그리 높은 건 아니었고 레벨 업 직전이었기 때문이기도 하지만 방금 얻은 경험치의 양은 무시할 수 없는 수준이었다.

이런 중요한 정보가 있었다니!

그냥 아무한테나 말만 한다고 해서 전부 같은 양의 경험치를 주지는 않겠지만 이게 어딘가. 유저들이 위험을 감수할 만한 메리트가 생겼다.

기쁨을 만끽하기도 잠시.

"역시, 말씀하신 대로 개수작을 부리는군."

"……예?"

아까보다 더 잔뜩 굳은 표정의 NPC가 화를 냈다. 그러곤 유저들의 말을 더 들을 필요도 없다는 듯 병사들에게 손짓했다.

"데리고 가."

"예!"

이건 또 무슨 상황이야.

유저들은 당황했다. 하지만 아쉽게도 더 이상 그들이 할 말은 없었다. 끌려가는 그들의 귓가에 그저 귀찮은 듯 NPC의 말이 먼발치에서 흘러들어 올 뿐이었다.

"흑마법사들이 대륙에서 물러나고 나니 이제는 다른 방법으로 싹을 뿌리는 건가. 바퀴벌레 같은 놈들, 신흥 종교라니. 하더라도 적당히 숨죽이고 있어야지 하필 대신전을 모함하고 음해하려 하다니. 죽으려고 작정한 놈들이 아니고서야 미친놈들 집단인 게 분명해. 그런 놈들이 우리 영지에도 있었다니. 역시 모험가들이란 좋게 봐주려 해도 봐줄 수가 없다니까. 얼른 대신전으로 보내 버려."

무언가 잘못됐다.

그렇게 느끼는 건 비단 잡혀가는 유저들뿐이 아니었다. 온 대륙에, 비슷한 상황이 곳곳에서 펼쳐지고 있었다.

7

21세기는 정보화 시대.

사람들이 왜 정보가 중요하다 하는지는 정보화 시대에서 돈을 버는 사람들을 보면 알 수 있다.

쥐뿔 없어도 정보만 선점할 수 있으면 돈을 벌 수 있다. 자본이 뒷받침되어야 하는 것도 맞는 말이지만 그건 어디까지나

부수적인 이야기.

게임에서도 마찬가지다. 현실에서만큼, 아니, 그보다 더.

게임은 정보로 얻는 이익이 막대하다. 현실에서는 결국 돈이지만 게임에서는 돈뿐 아니라 레벨, 장비까지 독식할 수 있기 때문.

물론 그건 1차원적인 이익이다. 더 나아가 생각해 보면 정보를 독식함으로써 얻을 수 있는 이익은 무궁무진하다.

말로 표현할 수 없다. 하물며 그런 정보를 기득권 세력이 갖게 된다면 어떻게 될까.

부익부 빈익빈이라는 말이 괜히 나오는 게 아니다. 그걸 한시민은 누구보다 잘 안다.

현실에서는 비록 기득권은커녕 자기 앞길 하나 가늠 못 해 원룸에서 전전하던 쭈구리였지만, 판타스틱 월드에서는 시작부터 앞서 나가고 메인 퀘스트를 의도치 않게 먹거나 혜택을 받았으며 이제는 NPC들의 수장 격인 황제와 연을 맺어 일을 진행하고 있지 않은가.

그런 그가 메인 퀘스트에 대한 정보를 얻었다.

독식은 아니다. 일괄적으로 모든 유저에게 주어졌다.

하지만 한시민은 그 메인 퀘스트 본질에 깔려 있는 출제자의 의도를 누구보다 빨리 알아챘다.

이는 혜택이라거나 그런 게 아니다.

베타고.

게임의 흐름을 지금껏 이해해 왔고 가장 직접적으로 영향을 많이 받은 유저로서 눈치챈 것이다.

메인 퀘스트가 앞으로 어떻게 흘러갔으면 좋겠고 또 어떻게 유저들로 하여금 대륙을 지키게 만들 것인지.

어쩌면 한시민 말고도 바로 눈치챈 유저가 몇 더 있을 수도 있었다. 하지만 그들과 한시민의 차이점은 분명히 존재했다.

"교황님, 큰일 났습니다."

"예? 무슨……."

"지금 전국, 아니, 대륙 곳곳에서 사이비 종교가 판을 치기 시작했습니다."

"……!"

그건 곧 세력의 차이. 움직일 수 있는 고위 NPC의 숫자 차이다.

지금까지 만들어 놓은 인맥을 한시민은 한 치의 망설임도 없이 사용했다.

망설일 필요가 없었다. 망설여서도 안 되고.

몇 마디 던져 중요 NPC들에게 유저들이 하는 말은 개소리라고 이미 언질을 해놓았다. 만약 메인 퀘스트라는 떡밥과 더불어 보상에 눈이 먼 유저들이 목숨을 걸고 나서기 시작하고 이게 사회적인 분위기로 형성되어 버리면 어떻게 되든 결국엔 한시민에겐 불리할 수밖에 없다.

한둘이 소리를 내는 것과 수십이 내는 것, 수천이 내는 것과 수십만이 내는 것의 차이는 분명하니까.

해서 한시민은 애당초 싹을 잘라 버리는 선택을 했다.

미래를 대비하는 설계.

유저들이 힘을 합쳐 으쌰으쌰 해도 결국엔 NPC들이 넘어가지 않도록.

무작정 우기기만 해서는 막을 수 없다. NPC들이 자생적으로 유저들의 움직임에 거부감을 느끼도록 만들어야 한다.

그 그림의 시작은 대신전이었다.

교황!

오로지 신만을 모시는 자.

지금은 새로 생긴 성녀가 신전의 기부금을 많이 늘리고 또 내부적으로 사제들의 단합을 이끌어 내는 데 큰 공을 세운 것도 모자라 이런저런 행운을 많이 들고 와 그녀에게 호의적인 자. 하지만 혹시 천왕이 자신을 증명하는 날이 오거나 에피아가 마왕이라는 사실을 들키기라도 하는 날에는 가장 먼저 등을 돌리고 철퇴를 뽑아 들 자.

그렇기에 교황부터 설득해야 했다.

"현재 모험가들 사이에 신의 임무가 주어졌다고 떠들어 대는 자들이 있습니다."

"예, 그건 들었습니다."

"그게 실은 마왕이 은밀하게 내린 지령이며 대륙 곳곳에 스며든 흑마법사들이 모험가들을 조종하고 있는 겁니다."

"……!"

"흑마법사와는 전혀 다른 이름으로 활동을 시작했지만 배후에는 흑마법사들이 있고, 이들의 최종 목표는 마왕의 무사 구출과 더불어 힘을 잃은 천왕을 마왕으로 몰아 대륙의 혼란을 일으키는 것. 제 힘만으로는 막을 수 없어 교황님께 말하러 왔습니다. 초장에 뿌리를 뽑아야 해요. 안 그러면 정말 돌이킬 수 없는 사태가 벌어질지도 모릅니다."

"그런……."

"알죠? 모험가들은 죽어도 죽은 게 아니라는 거. 그리고 그들은 적절한 보상과 힘이 걸린 일이라면 대륙이라도 팔아먹을 나쁜 놈들입니다. 물론 저 같은 착하고 대륙을 위하는 모험가도 많지만 이번 일로 대륙뿐 아니라 대신전에도 혼란이 찾아올 수 있음에 걱정이 됩니다."

"흠."

"요즘 들어 신전에 모험가 사제가 많이 늘고 있다고 들었는데 조심하셔야죠. 언제 뒤통수 맞을지 몰라요. 아무리 상위 사제들이 든든하다 하더라도 모든 건 밑에서부터 무너지니까요."

아무 말이나 던지는 데엔 망설임이 없었다. 어차피 누가 중명해 주거나 반박할 일도 없다. 기껏해야 한시민을 버리라는 근거 없는 이야기나 떠들어 댈 뿐이지 않은가. 시간이 지나면 달라지겠지만 지금 유리한 건 한시민이다.

"증명하실 수 있으십니까."

"물론이죠."

그런 그에게 교황이 진중한 표정으로 물었다.

만약 한시민의 말이 사실이라면 분명 엄청난 사건이다.

이단. 사실상 대륙에선 존재할 수 없는, 존재해서는 안 될 대신전의 주적이나 다름이 없으니까.

지워야 한다. 특히 요즘처럼 분위기가 뒤숭숭하고 천왕과 마왕이 대륙에 동시에 강림한 이때는 더더욱.

섣불리 생각할 수도 없다. 다만 증명된다면.

"그렇다면 뽑아내야죠, 싹을."

교황이 눈빛이 한없이 차가워졌다.

한시민이 만족스럽게 고개를 끄덕였다. 그와 함께 준비된 배우가 등장했다.

"한때 흑마법사의 편에 섰었던, 그리고 대흑마법사의 후예입니다. 애가 증명해 줄 거예요."

강예슬, 그녀가 마녀의 옷을 입고 교황 앞에 섰다.

교황은 당연히 강예슬의 얼굴을 안다.

한시민이 게이트를 통해 스페셜리스트와 함께 넘어왔을 때도 보았었지만 그때는 흑마법사들과 함께 있던 게 아니라 긴가민가했었고 흑마법사들의 수장이 어째서 한시민과 같이 있는가에 대한 의문으로 넘겼었다.

한데 이렇게 대놓고 흑마력을 증명하며 전대 대흑마법사의 증표까지 내보이니 믿을 수밖에 없었다.

불쾌한 표정이 절로 드러난다. 하지만 그보다 그녀의 말에 귀를 기울인다.

"대륙엔 이미 마족들이 조금 넘어와 있어요. 그들이 마왕의 지령을 받아 흑마법사들과 접선했고 흑마법사들이 다시 슬슬 인간들의 틈에 스며들고 있어요. 저에게도 수도로 가서 혼란을 야기하고 다른 흑마법사들이 활동하기 편하도록 시간을 벌라는 지령이 떨어졌지만……."

배신!

대신전의 입장에선 반가운 배신이다.

"더 이상 흑마법사들한테 희망도 없고 사실 돈을 벌고 싶어서 수락한 건데 이쪽이 가능성이 더 커 보이더라고요. 마침 시민 오빠도 같은 길드고 하고. 받아주신다면 열심히 해볼게요. 벌을 받으라고 하면 받을 준비도 되어 있어요."

게다가 이유도 명확하다. 별로 달갑진 않지만 교황은 고개를 끄덕일 수밖에 없었다. 지금 당장 박쥐 같은 배신자를 어떻게 처리하느냐가 중요한 게 아니니까.

그녀가 말한 사실이 중요하다. 어찌 됐든 마음에 드느냐를 떠나 신뢰가 있는 자의 말이다.

믿을지에 대해선 고민을 좀 더 해봐야겠지만 이 정도면 대신전이 실상을 파악하기 위해 움직이는 데 명분은 충분하다.

나날이 제국의 심장과 더불어 대신전의 존재 가치에 대해 부정하는 사람들도 늘어나고 있고.

무엇보다 그게 가장 불쾌했다.

'대신전이 마왕을 천왕으로 착각해 감싸고 있다'.

이는 곧 최종 결정을 한 교황을 무시하는 발언이 아닌가.

그가 곧 신이라 생각한 적은 단 한 번도 없었지만 적어도 신이 주신 신성력이 거짓말을 한다 생각한 적은 한 번도 없다.

그가 보기에 에피아는 절대 마왕이 아니었다.

결국 교황도 사람이었다.

대신전에서 은밀하게 성기사들이 대륙 곳곳으로 파견되었다.

8

그다음 한시민은 곧장 카르디안을 타고 다음 장소로 향했다.

"어휴, 바쁘다. 현실에서도 이렇게 바쁘게 산 적이 없는데."

"오빠, 돈 관리는 잘하고 있는 거야?"

"몰라. 그냥 통장에 짱 박아뒀어."

"헐, 얼마 있는데?"

"글쎄? 한 700억까진 한 달 전쯤에 본 거 같은데."

"……"

눈코 뜰 새 없이 바쁘다는 게 뭔지 새삼 느끼는 요즘.

돈을 위해 사는 한시민인데 통장 잔고를 본 지가 벌써 한 달이 넘었다. 오히려 돈을 만지고부터 돈에 대해 무감각해지는 기분이랄까.

돈이 생기면 하고 싶었던 101가지 위시 리스트가 있음에도 하나도 실천하지 못하고 있는 현실에 통탄할 수밖에 없었다.

"역시, 나도 어쩔 수 없는 서민인가 봐. 돈이 생기면 쓸 생각을 해야 하는데 밥벌이 끊길 때를 대비해서 계속 벌 생각밖에 안 드네."

"뭐 지금은 돈 생각할 때가 아니긴 하잖아."

"그건 그래. 이 그림은 내가 꼭 완성시켜야지. 잘못하다간 켄지한테 다 뜯어 먹힐 수도 있으니까."

이번에만, 이번만 잘 끝내고 놀고먹자.

지금이 가장 큰 고비다.

에피아만 어떻게든 잘 천왕으로 자리 잡고 천왕만 보내 버린다면, 그때까지만 들키지 않고 유저들의 메인 퀘스트 수행을 방해할 수 있다면.

"진짜 한탕 하고 유유자적 건물 열 개 정도 사서 해외여행도 다니고 휴양지 가서 바캉스도 즐기고 평생 강화 따위 쳐다도 안 보면서 살아야지."

"……오빠가 잘도 그러겠다."

강예슬의 정확한 지적 따위는 깔끔하게 무시했다.

원래 희망이란 그런 것이다. 가질 수 없어 보여도 일단 갖는 것.

그러는 사이 카르디안이 흑마법사들의 본거지에 도착했다.

흑마법사의 수는 예전에 봤을 때보다 눈에 띄게 줄어들어 있었다.

"뭐야, 다 소풍이라도 나갔나?"

"……."

진짜 휑하다. 그래도 흑마법사의 본거지엔 이들이 정말 숨어 사는 인생이 맞나 싶을 정도로 많은 흑마법사가 존재했는데 이제는 뭐 그냥 이렇게 큰 본거지를 이 정도 숫자로 청소나 제대로 할 수 있을지 의문이 들 정도.

거기다 의심스러운 눈빛도 가득했다. 강예슬이 대흑마법사의 제자가 아니었으면 당장 공격을 해왔을지도 모를 정도.

"야야, 눈에 힘들 풀어. 너희 죽이러 왔으면 이렇게 인사나 꺼내고 있겠냐, 드래곤 놔두고."

"……"

그런 그들에게 한시민은 살갑게 굴었다. 왠지 모르게 살갑게 굴고 싶다. 흑마법사들에겐.

그에게 있어 사제들이나 흑마법사들이나 어차피 동등하게 돈을 뜯어 먹기 위해 필요한 장기말에 불과했지만, 뭐랄까…… 그들이 가진 속성이 인성 쓰레기인 한시민에게 묘한 동질감으로 다가온다고 해야 하나.

본능적인 친근감. 그런 것이다.

"요즘 살기 힘들지? 안 그래도 전쟁 져서 목숨 하나 건지기 바쁜데 이제는 마계에서도 천왕한테 밀려서 마족들은 넘어올 여력도 안 되고, 앞으로 수백 년을 또 어떻게 유지해야 하나 걱정도 되고. 내가 그 고민 끝내주러 왔으니까 형만 따라와라."

사실 서로 간에 신뢰만 있으면 흑마법사건 뭐건 거래는 쉽게 성사된다. 아니, 흑마법사여서 더 쉽다.

한시민의 아공간에서 아이템들이 쏟아져 나왔다.

"이게 내 진심을 증명할 담보야. 나랑 영화 한 편 찍자."

전쟁 때 주운 흑마법사들의 유품 따위와는 차원이 다른, 마계에서 구해온 온갖 장비가 대륙에 모습을 드러냈다.

⑨

이건 켄지에게 있어 기회였다.

'민심을 잡을 수 있다.'

그리고 한시민을 쳐 낼 수 있는 하나뿐인 찬스였다.

물론 이대로 그냥 가도 언젠가는 가능한 일일지도 모른다.

어찌 됐든 한시민에 비해 밀린다는 이야기를 계속해서 듣는 와중에도 켄지 길드는 왕국을 먹는 데까지 성공했으며 이런 혼란스러운 틈을 타 세력을 지속적으로 확장할 생각이었으니까.

하지만 지금은 아니었다.

최소 1년, 혹은 3년 이상으로 잡았었는데 어쩌면 가능할지도 모른다.

켄지는 그렇게 판단했다.

'이번 건 실수야.'

그는 한시민을 인정한다. 사업적으로든 인간적으로든.

미숙하고 확실히 현실에서 사업을 하는 사람은 아닌 게 티가 날 정도로 어수룩하지만 동시에 거기에서 나오는 변수와

당돌함은 켄지조차도 당황케 했다.

결국 켄지도 그의 페이스에 휘말려 거래를 진행할 수밖에 없지 않았던가.

하나 거기까지다. 계획이 구체적이지 않다. 순간순간 돈에 따라 움직이고 큰돈을 위해서라면 뒤를 생각하지 않을 만큼 무모하다.

물론 나쁜 건 아니다. 그렇게 움직여 지금까지 성장했고 많은 걸 이루었으며 켄지조차도 부러워할 정도로 앞서 나가고 있다.

다만 실수했다고 판단하는 부분은 오로지 하나였다.

방송. 생방송으로 나간 마계 부분.

사실 조금 더 참을 수 있었다. 이런 상황이 올 거라고 예측하지 못했겠지만 적어도 생각이 있으면, 누구에게도 공개되지 않은 컨텐츠라는 사실을 빠르게 눈치챘다면 곧장 풀기보다는 영상을 녹화해 두고 천천히 마계에서 빠져나온 뒤, 혹은 단물을 쪽쪽 빨아먹은 뒤에 방송을 켰어도 전혀 손해 볼 게 없었다.

"덕분에 내 방송은 망했지만 쌤통이군요."

절대 동시에 방송을 켜 역대급 컨텐츠인 왕성 쟁탈전이 생각했던 것만큼 시청 수가 안 나와서가 아니다. 그저 비즈니스 파트너로서 아쉬울 뿐이다.

만약 내가 저 자리에 있었으면 조금 더 뽑아먹을 수 있었을 텐데, 이 상황을 이렇게까지 크게 끌지 않고 성공할 수 있었을 텐데.

아쉬운 동시에 기뻤다.

드디어 한시민 놈 덕분에 득을 보는 날이 오는구나.

적의 실수를 누구보다 빠르게 알아챈 자에겐 그에 따른 보상이 주어지는 법이다.

켄지는 재빨리 사람들을 모았고 랭커들을 규합했다.

세력은 걱정할 필요가 없었다. 불과 얼마 전에 왕국을 차지했으니까.

그곳에 모여 일단 왕국의 사람들에게 현 상황에 대해 알리기 시작했다.

비록 작은 왕국이지만 그래도 명색이 왕국이다. 왕이 나와 직접 선정을 베풀며 세금도 낮추고 민심을 잡는 동시에 하는 말들은 NPC들에게 묘하게 받아들여졌다.

"정말 그러면 큰일 난 거 아냐?"

"신전이 모험가에게 농락당하고 있다니."

"이거 큰일인데? 어떻게 하지?"

물론 초점은 한시민이 쓰레기라는 것에 잡았다.

"어휴, 불쌍한 성녀님. 이상한 모험가를 만나 고생하시고 계시다니."

"황녀님도 속고 계시다는데."

"빨리 그 악독한 모험가가 사라져야 할 텐데."

신전이나 황궁을 대상으로 삼는 순간 왕국의 운명은 한순간 사그라진다. 어디까지나 왕국을 쟁탈할 수 있었던 건 황제가 만들어 놓은 규칙에 의해 간섭하지 않았기 때문이니까.

신전 역시 마찬가지다. 황제와 더불어 대륙을 지배하는 제2의 손이라 불리는 교황이 아닌가.

어찌 보면 황제보다 상대하기 더 까다로울 수 있다. 대륙의 주민 중 사제를 제외하더라도 신을 믿지 않는 사람은 찾기 힘들 정도니까.

해서 그들은 건드리지 않으면서 한시민을 천하에 개쓰레기로 만들어버렸다.

어렵지는 않았다. 듣는 입장에서 한시민은 생판 모르는 남이고 말을 해주는 새로운 왕은 그들에게 실질적인 이득을 주는 쪽이니까.

[퀘스트를 완료했습니다.]

[경험치를 획득합니다.]

그렇게 켄지도 빠른 레벨 업의 지름길을 찾았다. 동시에 이 사실을 미끼로 유저들을 불러 모았다.

-이번 메인 퀘스트는 반복입니다. 현재 켄지 왕국 NPC 대부분이 퀘스트 완료 상태며 분위기가 동조 쪽으로 흘러가고 있습니다. 함께하실 유저분을 모십니다. 빠르게 레벨 업하고 게임 즐기실 분들. 켄지 왕국으로 오십시오.

켄지 왕국을 중심으로 반 시민 집회의 불꽃이 피어올랐다.

누군가가 중심을 잡는다는 것. 그것이 갖는 의미는 크다.
혹시 무슨 일이 생기더라도 돌아갈 곳이 있다.
이것이 갖는 심리적인 안정감은 사람으로 하여금 자신감을 심어주니까.
처음엔 그저 흥미로, 메인 퀘스트에 대한 분석으로 시작했던 게 점차 대륙 전역의 사회적인 분위기로 퍼져 나감과 동시에 이걸 함으로써 하루 종일 사냥해도 얻지 못하는 경험치를 얻을 수 있다는 사실에 힘입어 유저들은 하나같이 여기저기 돌아다니며 NPC들을 설득하기에 바빴다.
경험치를 얻는다는 사실을 모를 때까지야 NPC들에게 잡혀가 죽을 수도 있다는 위험부담이 넘치는 난이도 높은 퀘스트였지 그냥 말 몇 마디에 대량의 경험치를 얻을 수 있는 혜자 퀘스트임을 안 순간 망설일 이유가 없어졌다.

적당히 괜찮을 것 같은 NPC들만 고르면 된다.

티끌 모아 태산, 혹은 한 방에 대량의 경험치를 얻을 만한 귀족들을 찾는 유저도 많았다.

또 파티를 맺고 원정대를 꾸려 사람을 대량으로 불러 모아 경험치작을 하려는 움직임이 생길 정도였다.

사실 그게 가장 흥행했다.

편하고 쉽다. 혼자 책임을 떠안지 않아도 된다.

셋이 모여 하늘을 보면 아무것도 없어도 따라 보게 된다고, 많은 숫자가 모여 같은 목소리로 말하면 믿지 않던 사람들도 '그런가?' 하고 한 번쯤은 생각하게 된다.

완전한 신뢰는 아니더라도 '그게 맞을 수도 있겠구나' 생각하는 순간 퀘스트 경험치는 들어온다.

그렇기에 변방의 왕국들에선 소규모 집회가 활성화되었다.

며칠, 거의 1주일이 지났음에도 제국에서 별다른 말이 없자 그 분위기는 걷잡을 수 없이 확산되기 시작했다.

당연하다. 처음에야 위험을 무릅쓰고 레벨을 올리고자 도전하는 사람들뿐이었지만 그게 안전하다는 게 증명된 순간 눈치를 보던 사람들도 너 나 할 것 없이 달려들게 되어 있다.

블루 오션. 기회의 땅.

누가 먼저 먹느냐의 싸움.

유저들의 눈엔 그저 그렇게 보일 뿐이다. 이 넓은 대륙에서 한시민이 쓰레기라는 걸 모르는 NPC라면 지옥 끝까지 쫓아가서 회유할 기세로 유저들이 돌아다니기 시작했다.

켄지 왕국으로 모여들면서 동시에 흩어진다. 많은 사람이 모이면 경험치를 먹을 NPC의 수가 적어지게 마련.

클린한 NPC들을 찾아 떠난다.

물론 전부 가능한 건 아니었다. 몇몇 왕국은 여전히 말만 꺼내도 황실과 신전에 대한 반역이라며 잡혀가기 일쑤였다.

하지만 또 반이 안 되는 왕국들에선 그렇게 심하게 제재하지 않았다.

제재하지만 기껏해야 집회를 시작해야 하는 수준.

뽑아먹을 경험치는 다 뽑아먹고 도망치는 방법마저 개발되는 가운데 유저들은 그런 왕국들에서 거침이 없었다.

"오늘 밤 8시 촛불 집회 있습니다! 대륙 거주민 여러분! 대륙의 운명이 걸린 문제입니다. 모두 참여해 주세요!"

대놓고 홍보하는 유저들마저 생길 정도다.

전문적으로 움직이는 사람들까지 나왔다.

-NPC 모아드립니다. 1명당 1실버. 빠른 레벨 업. 100명당 5명 서비스. 퀘스트 미완 NPC들로만 모십니다.

판타스틱 월드에서 집회가 하나의 유행이 되었다.

언제나 말했듯 유행은 곧 게임의 분위기다. 수없이 많이 열리는 집회 중에서도 유별나게 홍보되어 사람들이 모이는 곳 몇 개가 생겼다. 성기사들은 그런 곳들로 은밀하게 향했다.

정령의 기사 볼튼은 80레벨대의 랭커다.

이미 100레벨까지 나온 마당에 80레벨대가 대수처럼 보이 겠느냐만 100레벨은 어디까지나 괴물 같은 스페셜리스트들의 독주일 뿐 나머지 랭커들의 레벨이 90대 중반을 넘기지 못하는 것을 생각해 보면 80대 후반의 볼튼은 어디 가서 어깨 좀 펴고 다닐 정도의 수준은 된다고 말할 수 있다.

무려 유저 수만 3천만이 넘어가지 않는가.

80대 후반이면 적어도 1,000등 안에 든다.

이 넓은 대륙에서 그보다 위에 있는 세 자릿수를 만날 확률?

어지간해선 없다. 그렇기에 자신감이 넘쳤다.

게다가 아이템도 빵빵했다. 혹여 높은 레벨의 랭커를 만나도 이길 자신이 있을 정도로.

컨트롤도 나쁘지 않고 클래스 또한 유니크 등급. 그의 이름으로 된 길드까지 있었으니 말 다 한 셈. 그런 그도 이번 유행에 동참했다. 제법 빠르게.

남들이 눈치 볼 때 꿀을 빨기 시작했었다. 볼튼이 생각하기에 이건 빨지 않으면 호구인 꿀이었다.

특히 거의 대부분의 유저가 참여하고 있다. 혹자는 한시민 쪽에 서면 나중에 더 큰 이익을 얻지 않을까 역배팅을 거는 이들도 있었지만 볼튼은 그것만큼 어리석은 짓은 없다고 생각했다.

'이렇게 많이 나서면 결국 유저가 이길 수밖에 없어.'

그냥 막연한 추측이 아니다. 팩트다.

판타스틱 월드는 유저들의 게임이고 NPC들은 유저들을 위해 만들어졌을 뿐이다.

당장 지금은 유저들이 힘을 펴지 못하고 있지만 시간이 지나고 나면 어떻게 될까?

게임이 오픈할 때부터 해온 사람들은 안다. 그때와 지금, 유저들이 NPC들 사이에서 내는 발언의 효과가 얼마나 강해졌는지.

여기까지 왔으면 내년엔 더 커질 것이다.

그리고 내후년엔?

누군가가 제국을 차지하고 대륙을 차지할지도 모른다.

중요한 건 그게 유저가 될 것이라는 사실.

그런 상황에서 NPC에게 빌붙어 있는 유저의 편을 든다?

망하는 지름길이지.

한탕 하려면 그것도 나쁘진 않다. 하지만 적어도 10년은 세계적인 게임일 판타스틱 월드에서 누가 한탕 하고 빠지려고 하겠는가.

"자자, 촛불 하나씩들 챙기시고. 오늘 파니 영지민들 하나도 빠짐없이 경험치 빼먹도록 합시다."

의욕 넘치는 파이팅이 모인 유저들에게 힘이 되었다.

나름 네임드라는 명함 앞에 모인 유저 수만 300이 넘는다. 개인적인 욕심이 있어서 왔겠지만 결국엔 이것들이 전부 볼튼의 이름을 드높이는 데 힘이 된다.

혹시 모르는 사람들을 너무 아무나 받은 게 아닐까 하는 고민 따위는 조금도 하지 않았다.

지금 분위기가 그랬다.

위기?

그딴 건 없다. 일단 빨대를 꽂고 누가 많이 빠느냐가 중요했다.

만약의 상황 또한 경비병들에게 돈을 찔러주며 대비해 놨다. 최악엔 그 혼자라도 도망칠 준비가 되어 있기도 하다.

"설마 무슨 일이 일어나겠어."

사실 그런 것들은 무의식 저 깊숙이 처박아 둔 지 오래였다.

불안함보다 남들도 다 하는데 설마 나한테 그런 일이 닥치겠냐는 생각이 더 컸다.

긍정적인 생각과 함께 집회는 시작됐다.

"대륙을 농간하고 신전과 황실을 어지럽히는 한시민은 물러나라! 물러나라!"

"황제 사위의 자리에서 내려와라!"

"하야하라!"

시작은 무난했다.

NPC들은 무슨 일인가 하고 모였고 볼튼은 시선이 집중된 속에서 준비된 멘트를 날렸다.

뭐가 사실이고 아닌지는 중요치 않다. 일단 퀘스트다. 그렇기에 감정을 실어 호소했다.

NPC들은 고개를 끄덕였고 함께 참여한 유저들에게 경험치가 쏟아졌다.

이 맛에 집회하는구나!

유저들의 입꼬리가 말려 올라갈 때쯤, 성기사들이 그 면모들을 몰래 지켜보고 있을 때쯤 사건이 터졌다.

"천왕님을 가두고! 거짓된 신을 모시는 황실과 신전은 각성하라! 각성하라!"

"각성하라! 각성하라!"

아니, 터졌지만 터진지 몰랐다. 과열된 분위기 속, 이런 말쯤은 그냥 기분에 따라 나올 수도 있으니까.

실제로 누구 하나 이 말이 과하다며 뜨끔해하지 않았다. 심지어 듣던 NPC들도 마찬가지다.

저거 위험한 발언 아냐? 하고 고개는 갸웃했지만 이미 한시민에 대한 악담들이 쏟아져 나오는 상황에서 개똥같이 말해도 소똥처럼 받아들이면 되는 일이니까.

하지만 몰래 지켜보던 성기사들은 아니다. 그들은 신성력에 민감하다. 그리고 흑마력에는 더더욱 예민하다.

"······!"

그들의 눈에, 집회하는 군중의 사이에서 은은한 흑마력이 퍼져 나가는 것이 목격됐다.

흑마력들은 정말 은밀하게 사람들 사이로 파고들어 스며들었다. 별다른 변화는 없었다.

"······복귀한다."

변화가 없었기에 성기사들은 표정이 굳었다. 아무런 반응 없는 저주. 그런 건 세상에 없다.

그들은 보았다. 흑마력이 스며들자 살짝 동공이 풀리는 사람들을.

환술.

흑마법사들의 전유물이 집회에서 모습을 드러냈다.

흑마법사들은 은밀하게, 들키지 않게 그러면서 확실히 움직였다.

백 번 정도 강조했었지만 군이 한시민이 강조하지 않았어도 흑마법사들은 알아서 잘했을 것이다. 살고 싶으면 은밀하게 할 수밖에 없으니까.

무려 인파 사이에 파고들어 해야 하는 임무다. 그냥 대충 대륙 사람들의 동태 정도를 파악하는 것도 요즘처럼 흑마법사라면 이를 갈고 여기저기서 찾아다니는 세상에서 위험한 일인데, 그 속에서 흑마력까지 일부러 신전의 정예라 부를 수 있는 성기사들에게 노출하기까지 해야 한다. 거의 뭐 가서 뒈지라는 말과도 같다.

그럼에도 흑마법사들이 한시민의 그런 무리한 명령을 들은 이유는 하나다. 그의 신빙성 높은, 꽤나 준비를 많이 한 말 때문.

"성기사들은 너희가 거기서 신에 대한 모욕을 해도 나서지 않아. 내가 직접 들은 말이야. 무슨 일이 있어도 집회에 대한 동태만 파악하고 조사한 뒤 확신이 생기면 아무런 조치하지 말고 돌아오라고 교황이 직접 말했어.

그러니까 뒈질 걱정하지 말고 임무나 열심히 해. 물론 은밀하게 하는 건 잊지 말고. 성기 사람들이야 그렇다고 해도 거기 있는 사람들이나 모험가들은 그게 아닐 테니까. 아니지, 혹시 너희가 흑마법사인데 몰래 숨어서 수작 부리고 있는 거 알면 괜한 오해받을 거 뻔히 아니까 잡아다가 족치겠지."

신전의 간자인 건 이미 예전부터, 전쟁 이전부터 알고 있다. 신뢰의 문제 역시 별로 믿고 싶은 놈은 아니지만 증명해 보였었고.

특히 흑마법사들은 누구보다 잘 안다. 저렇게 계산적이고 이기적인 인간이 오히려 더 믿을 만하다는 사실을.

무언가 걸려 있을 때의 이야기지만 어쨌든 지금은 서로의 목적지가 같다. 해서 움직였고 그들의 특기를 살리는 부분에서 훌륭하게 임무를 완성했다.

변장엔 도가 텄고 퍼뜨리는 흑마력은 아쉽게도 감지해 낼 만한 유저가 없었다. 기껏해야 상위 랭커 몇이 느낄 정도의 양이었으니까.

그것도 집중하고 마력의 흐름을 읽어야 느낄 수 있을 텐데 당장 들어오는 경험치에 눈이 먼 유저들이 그런 생각을 하기나 하겠는가.

이 타이밍에.

이미 유저들의 머릿속엔 흑마법사들은 저 세상 바닥까지 땅굴을 파고 들어간 바퀴벌레 수준이고 이제는 마왕을 잡기 위한 설계, 혹은 본인들의 레벨을 올리기 위한 보너스 타임 정도일 뿐인데.

쉬웠다.

쉬웠고 그런 방심들은 유저들이 꿀을 빠는 3일에서 1주일 사이 전 대륙 곳곳에서 대신전으로 종합되었다.

"교황님, 그분의 말이 맞았습니다. 집회를 가장한 사이비 종교의 선교 활동 중 흑마력을 감지했고 실제 일반 사람들에게 환각을 거는 것까지 목격했습니다."

"카나 영지도 마찬가지입니다."

"셀르나르트 영지 역시……."

한 번은 실수다. 실수일 수 있고 모함일 수 있다.

하지만 두 번, 세 번, 네 번…… 각 대륙에 그것도 정반대, 대륙의 끝이라 불릴 수 있는 곳까지 향했던 성기사들의 말이 모두 일치했다. 짜기라도 한 듯. 오히려 의심이 들 정도로 상황이 묘하게 흘러간다.

하나 교황은 거기서 더 이상 망설이지 않았다.

설마 한시민이 이 모든 걸 계획하고 설계했다고 생각지 않는다. 정상적인 사고를 가진 이라면 당연하다.

인간이, 개인이 어떻게 이걸 계획한단 말인가.

상식적으로 사이비 종교의 창궐과 함께 벌어지는 흑마법사들의 간계라고 볼 수밖에 없다.

교황이 굳은 표정으로 대신전을 나섰다. 원래였으면 당장에라도 이단과의 전쟁을 선포해도 이상하지 않을 상황이다.

지금까지도 만약 마왕과 마족, 흑마법사와 얽힌 사건이 아니었다면 아예 확인하기도 전에 이단이라는 놈들을 깡그리 붙잡아 두고 이야기했을지도 모른다.

하나 이젠 단순히 신전만의 문제가 아니다. 만약 정말 사이비 종교라면, 흑마법사들이 다른 방법으로 재개를 노리는 것이라면 황실에게도 말해줘야 한다.

그들이 집단적으로 집회를 여는 몇몇 왕국에서 그것을 방치하고 있다는 뜻은 곧, 황제에게 맞설 마음을 몇몇 왕국이 보이고 있다는 뜻이니까.

그건 곧 정치의 문제다. 교황은 정치에는 일절 관심이 없지만 이건 누가 봐도 명백하다.

말해줘야 한다. 황실과 신전이 손을 잡는 건 그리 좋지 못한 모양새지만 대륙의 평화를 위한 일이니까.

교황이 황궁으로 향했다. 그리고 황녀가 아닌 황제와 독대했다.

켄지는 이제 어엿한 한 왕국의 왕이다. 비록 짬은 되지 않지만 이미 주변의 수많은 왕국에겐 확실한 각인을 해둔 상태.

자금력이 말도 안 되게 대단하고 데리고 다니는 병사들 또한 강하다. 거기다 왕 자체의 전투력 또한 다른 왕들에 비하면 훌륭하니 견제의 대상이 될 수밖에 없다.

그런 켄지가 견제에도 불구하고 계속해서 군사를 키웠다.

어차피 그의 목표는 대륙이다. 한 왕국에 만족할 것이었으면 손해를 따지지 않고 무한히 돈을 투자하지 않았겠지.

끝까지 간다.

갈 명분도 충분하다. 유저들도 메인 퀘스트라는 명분하에 켄지 왕국으로 많이들 오고 있으며, 또 메인 퀘스트 4-1막을 주도하는 대표 유저로서 많은 입지를 다지며 세력을 불려 나가고 있었다.

이제는 굳이 영지전을 하지 않아도 켄지 왕국에 소속되겠노라 항복해 오는 영지도 꽤 있었고 주변국들에선 전쟁의 부담감을 느껴 그와 친하게 지내려는 움직임을 왕이 직접 취해오는 곳도 많았다.

당연히 기세를 꺾을 필요가 없다. 이제는 그의 분위기다. 넓은 대륙, 한 영지의 분위기조차 파악하기 힘들었던 예전과는 달리 이제는 대륙의 흐름을 조금씩 읽을 수 있는 것만 같았다.

그 차이는 크다. 멀리 보고 넓게 볼 수 있는 능력은 많은 이득을 가져다준다.

켄지는 그런 이득을 통해 메인 퀘스트에 집중했다.

"현재 제국은 썩을 대로 썩었습니다. 칼을 뽑아 들 때입니다. 황제는 더 이상 힘이 없어 황녀에게 정권을 넘겼고 황녀는 모험가에게 눈이 멀어 마왕을 천왕이라 속여가며 대륙 전체를 위험에 빠뜨리고 있습니다. 성녀는 애당초 그의 의붓딸이니 말할 것도 없겠죠. 이대로 가다간 대륙이 마족들의 손에 넘어가고 맙니다. 지금이야 마왕이 힘을 잃어 아무런 움직임이 없지만 만약 힘을 되찾게 된다면…… 지옥의 시작이겠죠."

근접한 왕국들의 왕에게 말한다. 이제는 그는 그런 말을 할 자리까지 올라왔다.

솔직하고 담백한 이야기인 동시에 입에는 섣불리 담아선 안 될 위험한 말임에도 듣는 왕들은 초조해하거나 불안한 기색은 없었다.

대륙에 퍼진 왕국들이 정말 제국을 뼛속까지 두려워하거나 무서워해서 고분고분 말을 듣는 게 아니다. 먼저 나서면 무조건 죽기 때문이다.

그렇다고 모두가 힘을 합치자니 그 역시 감수해야 할 부담이 너무 크다.

현재의 제국은 세력이 너무나도 크고 눈이 곳곳에 퍼져 있다. 이상한 낌새를 보이는 왕국은 무조건 죽는다. 그러니 누가 감히 먼저 이빨을 드러내고 싶겠는가.

한데 먼저 칼을 뽑겠다는 곳이 있으면 말은 달라진다.

현 정세 또한 마찬가지다. 제국이 예전 같지 않다는 건 맞는 말이다.

실제로 이런 반란의 움직임이 조금이라도 보였으면 황제는 어떤 식으로든 대응했을 것이다. 해당 왕국을 제국으로 초청하든 혹은 말도 없이 뿌리를 쳐 내든.

하지만 지금은 대륙의 근간인 신전을 부정하는 집회가 대륙 곳곳에서 열림에도 가만히 있지 않은가.

"눈치를 보고 있는 것일 수도 있소."

물론 대부분의 왕은 이렇게 현명하게 사태를 파악했다. 가위바위보로 왕의 자리에 앉은 게 아니라면 당연한 눈치다. 하루아침에 황제가 치매라도 와서 온순해졌을 리가 없지 않은가.

상황이 상황이다 보니 이것저것 확인할 수도 있다. 쳐 내야 할 놈과 아닌 놈을 고르는 중일 수도 있고.

그런 상황에서 섣불리 움직일 수는 없는 법. 켄지의 반협박에 가까운 회유에도 흔들리지 않는 이유였다. 전쟁의 리스크보다 제국에게 찍혀 쓸려 나가는 쪽이 훨씬 위험 부담이 크니까.

켄지도 그를 알기에 다른 미끼를 던졌다.

"모험가들은 저의 편입니다. 대부분의 모험가가 그렇고 그들은 성장하고 있습니다. 불과 1년 전을 생각해 보십시오. 모험가가 한 왕국의 왕은커녕 영지라도 가질 수 있을 것이라 대륙민 중 누가 상상이나 했겠습니까. 하지만 1년 만에 모험가들은 해냈습니다. 대륙에서 모험가의 비중은 점차 커질 것이고 더 강해질 것입니다. 언젠가는 제국은 몰락합니다. 줄을 잘 서시지요."

방패가 되어주겠다. 든든한 벽이 되어주겠다.

결국엔 자기가 대륙을 처먹겠다는 야심 찬 포부지만 왕국들 입장에선 손해 볼 게 없는 제안이었다.

위험을 감수해야 하는 건 맞지만 모든 걸 감수할 필요는 없다. 어차피 그들도 제국을 무너뜨리고 싶은 마음 정도는 항상 있었지 않은가.

이렇게 눈치만 보며 제국에서 시키는 일을 하느니 그 야심을 이뤄 그들에게 뭐라도 떨어뜨려 줄 사람이 있다면 줄을 바꾸는 게 맞다.

"그래서 뭘 하면 됩니까."

왕국들은 줄다리기를 시작했다. 바로 넘어온 건 아니다. 켄지도 곧바로 충성을 요구하지는 않았다. 그러기엔 주변에 왕국이 너무 많았고 그는 아직 성장해야 할 부분이 넘쳐 난다.

"유저, 모험가들이 행하는 왕국 내에서의 집회를 눈감아주

십시오. 그들은 그런 방식으로 성장합니다. 대륙을 변화시키고 대륙 사람들과 어울리고 스며들고. 시간이 필요합니다. 장소가 필요합니다."

미래를 약속하고 현재의 일부를 받는다. 서로에게 아주 유익한 거래였다. 그 거래는 은밀하게 대륙의 상류층들에게 알려졌고 하나둘 티는 내지 않았지만 준비를 시작했다.

변화를 감지했으면 당연히 해야 할 일.

'어떻게든 대륙은 변한다.'

'마왕이 대륙을 먹든, 모험가가 먹든, 황제가 그 자리를 지키든.'

자신이 그 선택지에 낄 수 없다면 수동적으로든 능동적으로든 휘몰아치는 폭풍에 대한 대비는 해야 한다.

그게 살 방법이다. 구명조끼든 뭐든 파도가 치는 걸 알았으면 입어야 살 수 있듯.

어쨌든 왕국들은 생각했다.

이왕 휘몰아치는 폭풍, 허리케인보단 국산 태풍이 더 좋지 않겠는가.

진정한 혼돈의 시대가 열렸다.

흑마법사들이 창궐할 때도 없었던 혼돈.

사람들의 눈에는 보이지 않는 분주함.

와닿지도 않는 마왕과 천왕에 의한 것이 아니다.

유저, 모험가. 언제나 쌀쌀맞게 대하고 이방인이었던 그들에 의해 대륙에 폭풍이 몰아치려 하고 있다.

부정하는 이는 하나도 없었다. 여전히 모험가들을 무시하고 깔보는 습성은 사라지지 않았지만.

"전쟁을 준비한다."

"명분? 명분은 마족의 대륙 강림 대비."

"마왕이 대신전에 잡혀 있다고? 이 새끼야, 그게 중요한 게 아니잖아. 까라면 까!"

살기 위함과 동시에 도약하기 위해서다. 현실이든 판타스틱 월드든 전쟁은 멸망의 지름길임과 동시에 성장의 발판이다.

황제파와 켄지파. 비교하기도 민망한 둘의 세력이 보이지 않게 갈리기 시작했다.

Episode 55.

싹 다 쳐 내(1)

1

　황제는 보고를 받았을 때 고개를 끄덕일 뿐 화는 내지 않았
다.

　그게 황제의 덕목이다. 딱히 교육하거나 억지로 만든 게 아
닌, 황제로서 타고난 인품과 성정.

　그는 언제나 여유롭다. 냉철하게 절대자의 자리에서 내려다
볼 줄 안다.

　비록 딸에게만큼은 황제고 뭐고 바보가 되어버리지만 그 부
분을 제외하고는 정말 역대 황제 중 최고라고 역사서에 적힐
만큼 대단하다.

　그가 어려서부터 걸어온 행보 역시 단 하루도 피로 흥건하

지 않았던 적이 없고 종말엔 대륙 전체와 전쟁을 벌일 각오마저 보였던 것을 다른 왕국들은 여전히 기억한다.

잊으려 해도 잊을 수가 없다. 기껏해야 10여 년 전의 일이 아니던가.

누가 있겠는가. 혹여 그사이에 수많은 일이 벌어졌고 왕국의 왕은 무수히 많이 바뀌었다고 한들 누구 하나 감히 그 역사적 사실을 잊을 시도조차 하는 이는 없었다. 그건 곧 왕국의 패망을 의미하니까.

왕국 내부에서 권력 싸움이든 집안싸움이든 결국은 왕국이 잘돼야 왕이 잘 먹고 잘사는 것이다.

왕국이라는 울타리가 사라진 나라?

어디서도 인정받지 못한다. 외세가 기다렸다는 듯 개입할 것이고 어디론가 흡수되게 마련이다.

그렇기에 다들 황제를 두려워한다. 더 두려운 사실은, 그런 황제이기 때문에 교황의 말에도 침착했다는 것이다.

교황이 하는 말들이 고개를 끄덕이고 감정 변화 하나 없이 다 들은 뒤 보내기까지 했다. 그리고 어떠한 감정적인 행동도 하지 않았다.

다만 불렀을 뿐이다, 그의 아끼는 딸을. 현재 그의 업무를 대행하는, 현 상황을 해결하고 있는 황녀를.

그녀가 굳은 표정으로 황제의 집무실에 들어올 때까지도 황제는 여전히 여유로웠다. 설사 마왕이 제국 내에 정말 천왕의 탈을 쓰고 앉아 있다 한들 눈 하나 꿈쩍하지 않을 기세였다.

다만, 황녀의 옆에 서 있는 전혀 예상치 못했던 한시민을 보고는 절대 꿈쩍하지 않을 것 같던 황제의 미간이 대놓고 찌푸려졌다.

저 면상은 이제 파블로프의 개처럼 보면 이유 없이 기분이 더럽다.

아마 그건 그의 문제가 아닐 것이다. 아니, 확실히 아니다.

파블로프의 개도 그런 조건반사를 보이기까지 수도 없는 선행 행동을 겪어왔듯 황제 또한 마찬가지다.

한시민이 등장하면 무언가 일이 터진다. 어떤 쪽으로든 황제가 예측하지 못한 쪽으로.

좋든 나쁘든 그건 황제에게 기분이 나쁠 수밖에 없다.

대륙의 모든 정세를 꿰고 마음대로 움직이는 그에게 예상치도 못한, 그것도 등잔 밑의 변수라니.

하나 쳐 낼 수는 없다. 쳐 낼 수 있었으면 처음부터 그를 사위로 삼지도 않았을 것이다.

"이번에는 또 뭐냐."

"폐하가 불렀잖아요."

"넌 부른 기억이 없는데."

"우리 공주랑 저는 한 몸이니까 공주를 부르면 저를 부른 거죠."

"……."

저런 재수 없는 말을 해도 당장 주먹부터 날렸을 것이고.

그게 시간 낭비라는 것은 황제가 누구보다 잘 안다. 어차피 숨길 것도 없는 사이에 대충 그를 무시하며 황녀에게 말했다.

"대륙에 사이비 종교가 창궐하고 그 배후에 흑마법사가 있다. 거기에 여러 왕국이 얽혀 있는 듯하고. 어떻게 하겠느냐."

그녀에게 선택권을 준다. 사실 선택할 필요도 없는 문제다. 사이비 종교에 관해선 신전에서 대행한다고 해도 교황이 전해 준 정보만으로 그런 움직임 혹은 낌새를 보인 왕국들을 공격하는 데 아무런 문제가 없다.

제국은 그런 존재다. 그냥 황제에 대한 말 한마디 잘못 꺼내기만 해도 지도상에서 왕국의 이름을 지울 수 있는.

폭군, 철혈제.

요즘 좀 성격 많이 죽었다는 말이 떠돌아서 그렇지 황제는 정정하다.

정정한 황제의 딸, 황녀는 말했다. 아니, 그녀가 입을 떼기 전에 한시민이 먼저 말했다.

"그것들 아주 악독한 놈들이라고요. 은근슬쩍 미약 뿌리듯 자기들 종교 사람들 늘리고 뒤에서 황제 욕에 교황 욕에 이 나라, 아니, 대륙은 망했다고 조만간 말세가 올 거라고, 새로운

시대를 열어야 한다고 아주 지랄 지랄을 하는 게 얼마나 꼴사
납던지."

"……."

거의 옆에서 거드는 시어머니급으로 일러바친다.

실상은 대부분이 한시민에 대한 욕이고 황실과 신전은 불
쌍하게 이용당한다는 이야기가 99%였지만 코에 걸면 코걸이
라고 자기 마음대로 해석한 뒤 각색하는 이야기는 상당히 그
럴듯하게 전해질 수밖에 없었다.

자연스럽게 다음 입을 여는 황녀의 말투가 거칠어졌다.

"지워야죠. 반역자들, 반역의 기미를 보이는 자들. 황제 폐
하께서 이루신 대제국뿐 아니라 대륙의 평화를 위해서라도."

"……."

네 남편 욕한 놈들 때문은 아니고?

저도 모르고 내뱉을 뻔한 황제는 황급히 말을 삼키며 고개
를 끄덕였다.

철혈제 황제로서 자리에 앉아 있지만 아비로서 질투가 나는
건 어쩔 수 없다.

보내줘야 하는 걸 알면서 평생 끼고 살고 싶다. 그래서 한시
민 저 빤질거리는 표정이 더 마음에 안 든다.

그녀의 아버지이자 대륙의 주인인 황제 앞에서 꿇지 않고
황녀의 허리를 감고 있는 손도 마음에 안 들고, 뻔뻔한 듯 당

당한 모습도 마음에 안 든다.

하지만 그러면서도 마음에 든다, 그런 자신감이. 황제가 그런 사람이기에.

강자에게도 절대 굽히지 않고 자신의 소신대로 행동한다. 그게 언젠가 독이 될 날이 오겠지만 그건 나름대로 감당해 내야 할 몫이고 나머지 부분에선 그런 모습들이 크게 도움이 된다.

해서 그냥 그가 눈을 감았다.

안 보는 게 속 편하지.

그러곤 허락했다.

"난 여전히 공주에게 이번 일의 전권을 위임했다. 알아서 하거라."

"맡겨만 주세요, 아바마마."

평소처럼 애교가 반쯤 섞인, 동시에 철혈제의 딸다운 모습을 보이며 황녀가 생긋 웃었다.

그건 곧 선포이자 시작을 알리는 신호탄이었다.

꿀 빨고 있는 수많은 유저와 역사의 흐름과 함께 역사서에 실리기 위해, 영웅이 되기 위해 준비하는 수많은 왕국에게 날리는, 10년 전 대륙에 내려앉았던 악몽의 서막을 알리는.

그것도 10년 전 젊었던 철혈제가 아닌, 그의 딸과 그녀를 뒤에서 조종하는 한시민 버전의.

당연한 말이지만 집회가 가장 활발한 곳은 켄지 왕국이다.

거기는 그냥 한 시민이 쓰레기라고 말하는 걸 합법적으로 장려할 정도다. 그러다 보면 말이 심해지고 황제와 황녀, 성녀와 교황에 대한 말이 쉽게 나올 수밖에 없다.

자연스럽게 남자들에게 오르락내리락하다 보면 차마 듣기 힘든 말도 나온다.

그런 의미에서 가장 먼저 쳐야 하는 곳은 켄지 왕국이다.

하지만 황실, 제국군이 3시간도 안 되어 모여 출동한 곳은 켄지 왕국과는 정반대의 왕국이었다.

켄지 왕국만큼은 아니지만 사달이 나기 전에도 호시탐탐 제국의 명령에 반항하는, 아슬아슬하게 선을 지키며 간을 보던 왕국. 그나마 왕국 중에서 다섯 손가락 안에 드는 거대한 왕국이었다.

그들은 프로다. 평화를 이제는 지향하는 황제의 지침에 따라 많이 편의를 봐주고 있는 것도 사실이지만 또 기가 막히게 선을 넘었다가 발을 빼는 솜씨도 훌륭하다.

이번에도 마찬가지였다. 켄지와 모종의 대화가 있었던 뒤부터 집회를 은근히 장려했다.

열리는 곳을 미리 알고 있었음에도, 이곳저곳에서 홍보함에도 모른 척하다가 집회가 열리면 은근히 질서를 유지하라고 병사들까지 보내준다.

그러고는 한참 볼 장 다 보고 끝날 때쯤 형식적으로 경비병들을 보내 내쫓는 시늉만 한다.

이게 보여주기식이라는 건 집회 장소들이 사람이 많이 다니는 영지 혹은 그 영지의 광장에서 벌어진다는 것으로 눈치챌 수 있다.

말이 안 된다. 적으면 수십 명, 많으면 수백 명이 참여하는 집회를 세 시간이 넘게 방치하다니.

하지만 해당 왕국, 카세수르 왕국은 당당했다. 지금까지 이렇게 살아왔고 그들이 황제는 누구보다 잘 안다고 자부할 수 있었으니까.

이렇게 유저들을 모으고 켄지 왕국이 총대를 메고 나서는 순간까지도 카세수르 왕국은 숨죽이고 있다가 원하는 타이밍에, 그리고 최소의 피해로 최대의 이익을 얻을 수 있는 타이밍에 나서면 된다.

계획은 완벽했다. 다른 왕국들과 비교하면 그들은 그나마 통제를 하는 편처럼 보일 테니까.

왕국의 크기도 섣불리 그들을 건들기보다 본보기를 보일 거면 가까우면서도 세력이 작은 왕국을 건드는 편이 좋을 것이다.

그들은 제국에서도 꽤 먼 편에 속하지 않은가.

하나 그런 희망은 희망일 뿐이었다.

은밀하게, 왕국의 국경을 이미 제국군은 넘었었으니까. 황실 기사단과 정예로만 구성된 스페셜리스트가.

2

황실 기사단과 황녀, 스페셜리스트와 한시민의 펫들만 참여한 원정이다.

까부는 왕국을 혼내준다는 명분.

말이 혼내준다지 반역의 기미를 보인 반역자들을 숙청하는 일이다.

그 말은 곧 한 왕국을 몰락시킨다는 말.

고작 100도 안 되는 인원으로는 불가능하다.

이미 켄지 길드가 해낸 바 있지만 켄지가 공격한 왕국과 카세수르 왕국의 규모 차이는 최소 다섯 배 이상. 왕성만 공격한다고 해도 힘든 건 마찬가지였으나 정작 황실 기사단은 소풍이라도 나온 표정이었다.

여유가 넘쳤다. 그들에게 이런 전쟁은 너무나 자연스럽다.

황제를 보필하는 기사단이다. 요즘이야 황성 안에서 조용히 수련만 하고 있지만 대륙이 한창 전쟁으로 얼룩져 있을 땐 하루하루가 살육의 나날이었다.

게다가 그들에겐 스승도 있지 않은가.

"야, 형만 믿어라. 다들. 황제 폐하한테 20만 골드 뜯어왔으니 멋있는 거 하나 찍는다. 켄지 요즘 까부는 거 마음에도 안 들었는데 다행이다."

자신만만한 한시민.

그의 뒤엔 오랜만에 토끼들과 수달, 빼액이마저 작은 새로 변신한 상태로 함께 온 상황.

그들이 다이렉트로 인적이 드문 길을 통해 왕성으로 향했다.

가는 길이 어렵지는 않았다. 이미 지도는 그들의 손에 있고 남의 시선에 띄지 않는 것 정도야 황실 기사단에겐 식은 죽 먹기였으니까.

소규모 병력의 장점이기도 하다. 특히 황실 기사단은 변장까지 한 상황이라 들키면 한시민을 따르는 토끼들 때문에 들키지 그들 때문에 들킬 일은 없다.

게다가 누구도 한시민이 어딜 간다고 그게 왕국 하나 멸망시키러 간다고 생각하지는 않는다.

그렇게 왕성 앞까지 도착했다.

켄지가 방송을 통해 보여주었던, 생방송 시청자 수는 한시민 때문에 많이 밀렸지만 다시보기로는 역시 예상대로 레전드를 찍고 있던 그 성보다 훨씬 크다.

크고 단단해 보인다. 감히 리치 영지와 비교해도 오라만 제외하면 비견할 수 있을 정도.

그런 성벽을 보며 한시민이 손을 들었다.

빼액이가 어깨에서 그의 손바닥 위로 올라왔다. 한 번 변신에 드는 돈이 뼈저리게 아프지만 그를 만회하고도 남을 돈을 전쟁 자금 대신 받아왔다.

남는 장사. 그거면 충분했다. 부족한 건 지금 찍는 영상으로 대체하면 된다.

"빼액아, 보여줘라. 자잘한 돌덩이들 말고 진짜 메테오를."

"빼애액!"

오랜만에 듣는 경쾌한 울음소리와 함께 홀로그램이 눈 앞을 가린다. 가슴이 절로 아파지는 홀로그램 따위 보지도 않고 치우고 시선을 하늘로 향한다.

어스름 석양이 지는 저녁, 갈라지는 하늘, 그리고 그 사이에서 내려오는 태양.

천천히, 하지만 웅장하게.

지는 석양이 왕성을 향해 추락했다.

3

어떻게 보면 이거야말로 사실상 스페셜리스트와 한시민에

게 있어 가장 편하고 자신 있는 종목일지도 모른다.

면밀하게 따져 보면 사실 정치 부분에 있어 남을 모함하고 이간질하는 게 가장 까다로워 보일지 몰라도 자신 있는 것이라는 건 결국 개인적인 주관이 섞일 수밖에 없으니까.

그런 면에서 한시민은 남을 음해하는 것보다는 그냥 때려 부수는 게 가장 좋았다.

"얼마나 편해. 그냥 아무 생각하지 않고 때리고 부수면 끝이잖아. 남을 음해하는 건 얼마나 머리를 써야 하는데. 머리를 쓰기만 하면 또 몰라. 남을 속이는 건 또 심리적인 죄책감도 동반하지. 어쩔 수 없이 속이긴 해야 하는데 속이고 나서 마음이 얼마나 아픈지 알면 깜짝 놀랄걸? 요즘은 악몽마저 꾼다니까."

하루에 세 시간도 채 자지 않음에도 얼마나 꿀잠을 자는지 피부가 반들반들한 한시민이 씨알도 먹히지 않을 거짓말을 내뱉음에도 믿어줄 수밖에 없다. 확실히 그의 표정은 진심으로 즐거워 보였으니까.

하늘에서 떨어지는 유성.

켄지 길드가 보였던, 다이노가 야심 차게 선보인 2차 각성 스킬에서 보인 자잘한 불덩어리들의 폭우는 정말 이 거대한 유성 앞에서 한 줌 보잘것없는 먼지처럼 보이게 만드는 환상까지 생긴다.

위력?

군이 떨어지지 않아도 이미 예상이 가능하다. 물론 현재 유저로서 감히 내기 힘든 위력의 마법을 선보이는 데 들어가는 비용적 대가는 엄청나다.

아무리 황제에게 뜯어냈다고 해도 100% 한시민의 주관하에 관리될 돈이니 얼마를 뜯어먹든 아무런 문제가 없었다.

그럼에도 한시민은 많은 돈을 투자했다. 그건 곧 증명이다. 수전노 한시민에게 있어 그의 말, 모든 걸 쓸어버리는 게 가장 좋다는 그 말을 증명하는 행동.

만약 판타스틱 월드 초기로 시간을 되돌릴 수만 있으면 이런 빌어먹을 공격 스킬이라곤 하나도 없는 강화사와 테이머 따위는 집어치우고 다이노가 갖고 있는 화려한 레전더리 등급의 마도사를 택하고 광역 버프를 시전할 수 있는 버퍼를 보조 직업으로 선택하리라!

그럼 얼마나 강해질까.

상상만으로 몸이 떨린다. 그게 꿈이고 이루어질 수 없기에 더 설렌다.

환상에 젖어 있는 시간은 길지 않았다.

유성은 곧 성과 마주했다. 성내의 수많은 유저와 NPC들이 거부할 수 없는 힘 앞에 발버둥 치는 꼴은 보이지 않았지만 난리가 났을 것이다. 나지 않으면 이상하다.

"좀 위험한 거 같은데. 뒤로 더 피해 있자."

멀찌감치 떨어져 있는 한시민 일행조차도 점점 느껴지는 열기에 불안함을 느끼고 도망치고 있었으니까.

언제나 그렇지만 판타스틱 월드는 너무 현실이다.

이렇게 화려한 마법을 시전하면 뭐 하나. 멋있게 영상 좀 찍어보려고 하다간 마법을 시전한 본인마저도 마법의 위력에 휩쓸려 죽게 생겼는데.

그래도 나름 성과는 있었다. 메테오의 추락과 함께 일어나는 폭발을 성공적으로 피했고 그 화려한 충돌 영상을 멋있는 똥폼과 함께는 아니지만 잡을 수 있었으니까.

거대한 마법 한 방.

무려 20만 골드짜리 마법에 놓고 성대하던, 침입자의 출입을 완전히 방어할 것만 같던 성벽은 온데간데없이 사라져 있었다.

그나마 이런 마법에 대비했던 것인지 내부는 준비해 두었던 방어 마법진들이 발동해 모든 게 폐허가 되지는 않았지만, 이미 성벽이 무너진 것부터 더 이상 왕성은 왕성으로써의 역할을 할 수 없다는 것을 의미했다.

이는 곧 결론이다.

기승전결.

전쟁에 필요한 스토리 텔링을 완벽히 무시하고 건너뛴 채 일방적이고 강압적으로 한시민이 내린 결론.

패배, 그리고 굴복.

이럴 때만 자신 있게 앞장서는 한시민이 왕이 거주하고 있을 내성을 향해 나아갔다.

생중계되었다. 마법이 떨어지는 순간부터.

광고 타이밍까지 정확히 계산한 한시민의 기가 막힌 설계에 사람들은 입을 다물지 못했다.

물론 전부가 본 건 아니다. 아무리 한시민이 유명하다고 해도 방송이 켜지자마자 알람을 듣고 기다렸다는 듯 결제를 하고 들어오는 사람의 수는 그렇게 많지 않다.

다른 유료 방송들과 비교하면 억 소리가 날 정도로 숫자는 많지만 한시민 방송의 전체 시청자 수를 생각하면 1/10도 채안 되는 숫자.

그들만이 메테오가 떨어지는 순간부터 끝까지를 지켜보았다.

그 역사적인 광경에 왕성 내부에서 발견하고 방송을 켠 유저도 몇 있겠지만 그들의 방송 인지도를 생각해 보면 마찬가지로 그걸 온전히 시야에 담은 사람들은 손에 꼽을 정도.

그럼에도 아쉬움을 감추며 시청자들은 지켜보았다. 위풍당

당하게, 빠르면서도 느긋하게 내성으로 향하는 제국군을.

소수 정예. 이 단어는 켄지가 아니라 이들에게 붙여야 하는 게 맞지 않을까.

켄지가 왕국을 빼앗기 위해 입성할 때도 유저들은 소름이 돋았지만 지금은 그를 뛰어넘어 전율이 흐른다.

켄지가 왕성을 먹을 수 있다는 희망에 부풀어 있는 표정이라면 한시민은 정반대다.

귀찮음, 지겨움, 짜증.

한 왕국, 그것도 제국 다음으로 쳐 주는 왕국의 수도를 박살 냈음에도 아무런 감흥이 없다.

이 왕국에서는 얼마나 뜯어먹을까, 무엇을 먹을 수 있을까.

이런 생각조차 없어 보인다. 그냥 귀찮게 한 것에 대한 보복과 당연한 통보를 하러 온 사람 같은 느낌.

무엇보다 오라가 꺼진 그의 모습은 시청자들에게 있어 심쿵 그 자체다.

-무슨 동네 슈퍼 가는 복장이냐.

-무시하지 마라. 저거 다 15강이다.

-그래도 겉보기엔 ㄹㅇ 개고수 같다.

누구에게나 로망이지 않은가. 초보자 복장만 걸친 채 목검 하나 들고 대륙을 유유히 돌아다니며 시비 거는 것들에겐 가볍게 코웃음을 쳐 주며 여행하는 삶.

한시민이 딱 그런 느낌이었다. 뒤에 따르는 든든한 부하들은 살짝 이미지를 깎아먹기 충분했지만.

신경 쓰지 않는다. 오로지 직진이다. 살아남은 사람들이 폐허가 된 건물들 안에서 두려운 눈빛으로 지켜보든 말든 갈 길만 간다.

내성으로 진입하고 병사들이 창을 겨누지만 개의치 않고 나아간다.

자연스럽게 길이 뚫리고 다이렉트로 내성의 문도 열린다. 아니, 열려 있다.

그리고 마주했다. 공포에 가득 찬, 동시에 분노가 가득한 왕의 얼굴을.

"이, 이게 무슨!"

정말 얼마나 인생을 외줄 타기로 살았으면 무려 20만 골드짜리 메테오 마법을 막아낼 만큼의 방어 마법진을 왕성이 존재하는 영지에 깔아놨는지 순수하게 묻고 싶었지만 그런 사사로운 질문은 하지 않기로 하고 손을 들었다. 그와 함께 토끼들이 그를 호위한다.

개인적인 질문이야 나중에 해도 되고 굳이 하지 않아도 된다.

저런 부류의 생각이야 한시민이 누구보다 잘 안다. 원래 목숨을 걸고 까불려면 그만한 대비는 되어 있어야 하니까.

만약 정말 만일의 상황, 또 최악의 사태엔 제국과 정면승부 혹은 그 공격을 받아내며 도망칠 구석을 만들어 둔 것이리라.

충분히 칭찬할 만한 이야기다.

하나 아쉽게도 왕은 제국의 전력을 과소평가했다.

한시민이 황제의 편이 아니었다면 혹시 몰랐다.

9서클 대마도사인 마탑주가 와도 메테오는 시전 시간이 긴 마법이고 그사이에 대처를 할 수 있었을지도 모르지만 한시민은 다르니까.

그가 쓰는 마법들은 빼액이를 통해 골드라는 매개체를 소모하며 나아간다.

페널티. 시전 시간을 없애주는 이익을 골드라는 페널티로 대신한다.

그게 지금의 상황을 만든 결정적인 요인이다.

덕분에 제국군은 반역을 저지른 왕국의 왕 앞에 무혈입성했고 이제는 그들의 차례였다.

"……이게 제국의 뜻이란 말이더냐!"

"이게 어디다 대고 초면에 반말질이야."

갑과 을. 완벽하게 구분된 상황에서의 무례는 한시민은 결코 용서하지 않는다.

싸가지 없는 짓은 그가 하면 했지 어찌 당하고만 있단 말인가!

대한민국 육군을 만기 전역한 예비군으로서 용서할 수 없
는 일.

옆에 있던 토끼 한 마리를 그대로 쥐어 던진다. 1,000은 아
니지만 600이 넘는 민첩과 힘이 더해져 토끼가 빠른 속도로
왕을 호위하는 기사들 사이로 날아가 그대로 왕에게 적중한
다.

퍽!

"억!"

소리와 함께 자빠지는 왕.

순식간에 벌어진 일에 기사들이 분주히 검을 뽑아 들지만
한시민은 여유롭게 말한다.

"동작 그만 하는 게 좋을걸? 왕의 목이 토끼 이빨에 두 동강
나서 죽었다는 소문이 돌고 싶지 않으면."

"……"

굳이 협박할 필요는 없다. 이미 압도적으로 전력은 우위다.

그럼에도 그런 이유는 하나다. 더 편하니까.

국왕의 눈동자에 분노가 사라지고 두려움이 점차 채워졌다.

그는 괴물 토끼 한 마리도 처치할 힘이 없다. 그런데 그런 토
끼가 그의 목에 달라붙어 이빨을 들이밀고 있다. 까딱하면 그
대로 정말 날카로운 이빨에 목이 댕강 잘릴지도 모른다.

침을 삼켰다. 그건 곧 순종하겠다는 의미다.

한시민이 만족스럽게 고개를 끄덕이며 물었다.

"왜 그랬어?"

"······?"

밑도 끝도 없는, 주어와 목적어를 빼먹은 정말 성의 없는 문장. 하지만 국왕은 그 두 마디에 담긴 의미가 무엇인지 알고 있었다.

아니, 여기 있는 모두가 안다. 그리고 방송을 보고 있는 시청자들 또한 안다.

지금 상황이 어떤지, 황제가 속한 제국, 신전과 그 외의 세력이 어떤 관계를 유지하며 긴장감을 만들어내고 있는지.

그 한마디에 함축되어 있었고 또 한마디에 포함되어 있었다. 앞으로 제국의 움직임이 어떨지.

그걸 눈치챈 국왕은 당연히 할 말이 없었다.

"왜 그랬냐고. 폐하가 좀 예뻐해 준다고, 봐준다고 아주 그냥 네 세상인 것 같았어? 뭐 그럴 수도 있지. 그래도 되고. 폐하는 대륙의 안전에만 기여할 수 있다면 그런 애교 정도야 얼마든지 받아주시니까. 그래도 그렇지, 반역은 아니잖아."

대답하지 못하는 국왕을 대신해 한시민이 말해준다. 국왕은 사색이 되어 고개를 젓는다.

"반역이라니! 얼토당토않은 말씀이십니다!"

어느새 한시민을 향하던 하대는 존대로 바뀌어 있었고 토끼에 의해 넘어져 엎어져 있던 자세는 자연스럽게 무릎을 꿇은 상태로 바뀌어 있었다.

한 왕국의, 제국 다음이라고 당당히 말해도 이상하지 않을 왕국의 수장이기에 너무 추잡하게 보일 수도 있는 장면이지만 동시에 황제의 성정을 아는 이라면 당연히 취해야 할 기본적인 자세.

"아니라고?"

"예! 절대! 저희 왕국은 언제나 항상 흑마법사 처단에 앞장서고 있었습니다! 전쟁에도 많은 병력을 보냈고 흑마법사 잔당 소탕에도 군자금을 많이 지원했습니다! 그런데 어찌 반역을 꿈꾼단 말입니까! 꿈꾸었다면 그렇게 적극적으로 나서는 대신 병사를 모으고 군대를 키워 기회를 엿봤지 않겠습니까!"

동시에 그럴듯한 말들을 내뱉는다. 맞는 말이기도 하고 국왕이 옛날부터 준비해 왔던 카드다. 교묘하게 허점을 피해 나가는.

하지만 아쉽게도 상대가 한시민이었다.

"다 연막이었네. 이런 나쁜 놈, 폐하도 감쪽같이 속으셨더라. 그렇게 괜찮은 놈인 척하면서 뒤로는 흑마법사들이 배후인 사이비 교단을 왕국 내에서 활동하고 선교할 수 있도록 적극적으로 지원까지 해주다니. 아니라고 발뺌하려면 어디 해

봐. 증거는 이미 넘치도록 가지고 있으니까."

"……."

본질을 찌르면서 모든 걸 부정하면 그만이다.

국왕은 순간 할 말을 잃었다. 확실히 거기에 있어선 할 말이 없다. 그냥 나는 아니겠지 생각하고 대충 보여주기식으로 때웠으니까.

입이 열 개라도 변명할 수 없다. 제국이 아니었으면, 황제가 아니었으면 비벼봤겠지만 그건 오히려 역효과일 뿐이다.

국왕에게 남은, 내뱉을 수 있는 단어는 단 하나였다.

"모, 몰랐습니다!"

아몰랑.

일단 나는 살고 보자.

똥이 가득 든 폭탄 돌리기가 시작됐다.

Episode 55.
싹 다 쳐 내(2)

4

누구도 예상하지 못했던 방법의 대처였다.

켄지도, 그에 동조한 많은 왕국의 왕들도, 유저들도, 상위 랭커들도.

애당초 막을 명분도 없고 만약 강제로 막는다면 그건 아무런 논리 없는 힘에 의한 강압이 되리라 생각하고 벌인 일들이다.

그럴 수밖에 없다. 완벽한 이유들이었으니까.

일단 수백만이 넘는 모험가는 전 대륙에서 입을 모아 증거들을 제시하며 적어도 마왕으로 오해받아 잡혀 있는 천왕의 말 정도는 들어보며 시시비비를 가리는 게 옳지 않느냐 정도의 선에서만 주장을 펼치고 있었다.

그런 선에서 생각해 보면 오히려 양측의 의견, 그러니까 천왕과 마왕을 가릴 수 있는 어떠한 구체적인 증거도 드러나지 않은 상황에서 무작정 대화를 거부하는 한시민의 행동은 충분히 수상할 수밖에 없다.

해서 가능하리라 생각했다. 다소 위험하고 진취적인 행동들일 수도 있지만.

그만큼 치밀하고 계획적으로 계산된 움직임이었다는 뜻. 이렇게 마찬가지로 과격하게 나올 경우의 수 또한 계산해 두었다.

당연하다. 결국 궁지에 몰린 쥐, 아니, 호랑이는 쥐를 집어삼키게 마련이니까.

뭐 하러 굳이 대화를 하겠는가.

쥐가 몇 마리가 되었든 쥐와 대화를 통해 협상을 하느니 대화하지 않기로 마음먹은 호랑이에겐 그냥 짓밟아 그를 귀찮게 만드는 쥐를 아예 삭제해 버리는 게 100배는 편할 것이다.

그렇게 나와준다면 그때부터가 이제 진짜 메인 퀘스트의 시작이었다.

계획한 바로는.

하지만 한시민의 방송을 통해 전 대륙에 생중계되는 메인 퀘스트의 향방은 전혀 예상치 않은 의도로 튀었다.

제국이 병력을 투입하고 본보기로 몇몇을 쳐 낼 것이라는 예상까지는 맞았지만.

"……말도 안 돼."

방송을 지켜보던 켄지의 얼굴에 여유가 사라졌다.

팝콘을 뜯으며 앞으로 개미들의 반란, 그리고 넓혀 나가는 세력, 동조하는 NPC들, 내부에서 일어나는 균열들과 그를 이용한 한시민 세력의 붕괴까지 착실하게 그림을 다 그려놓은 켄지에게 있어 이는 지금까지 그렸던 그림이 사실은 도화지가 아니라 신문지에 그린 그림이었다는 걸 깨닫는 순간이었다.

이건 눈치 싸움이었고 수 싸움이었다.

보이지 않는 전쟁.

대륙이라는 거대한 바둑판 위에 바둑알을 둬야 하는, 몇 수 앞을 예상하고 상대의 수까지 예측해야 하는 싸움에서 켄지는 첫수부터 한시민에게 밀려 버렸다.

아니, 밀린 정도가 아니다.

분명 켄지는 치밀하게 준비했다. 한시민이 바둑을 두러 오기 전에 이미 바둑판에 수만 가지의 수를 예측해 돌을 둘 곳까지 시뮬레이션으로 다 짜놓았었다.

한데 한시민은 오자마자 패기 넘치게 바둑알 대신 장기 말을 잡고 집어 던졌다. 아예 다른 게임이 되어버렸다.

"설마, 말도 안 돼."

그걸 느끼면서도 끊임없이 부정한다.

진짜 이렇게 간다고?

대륙에 나타난 천왕과 마왕. 그들을 증명할 수 없는 힘의 상실.

증명을 거부하는 비선실세 모험가와 그를 옹호하는 성녀와 황녀의 부당함을 황제와 교황에게 알리고 잘못된 것을 바로잡기 위해 최소한의 요구만을 위해 시작한 집회가 아닌, 그저 대신전 지하 감옥에 갇힌 마왕을 구출하기 위한 흑마법사들의 계략으로 인해 시작된 사이비 종교 창궐과 그에 연루된 수많은 모험가, 왕국들의 문제로?

어이가 없다.

어이가 없으면서 동시에 궁금하다. 너무 뜬금이 없지 않은가.

무슨 근거로?

궁금증은 의외로 쉽게 풀렸다.

-이미 증거는 대신전에서 다 찾아놨어. 대륙에서 수상한 움직임이 시작된 그때, 성기사들은 대륙 곳곳으로 잠입해 집회들에 참여했고 거기서 인파 사이에 껴 있는 흑마법사들과 그들이 사용하는 흑마력, 그에 현혹되어 무의식적으로 집회에 빠져드는 수많은 대륙민을 한두 곳도 아니고 수십 곳에서 동

시다발적으로 확인까지 했지. 더 할 말 있어?

　……정말 몰랐습니다. 정말! 그런 극악무도한 집회인지 알았다면 절대 허용하지 않았을 겁니다. 전 그저, 저희 왕국은 오로지 대륙의 평화만을 위한 일념 하나만으로 나쁜 악의 세력에 의해 속아 의심한 죄뿐이 없습니다. 부디 선처해 주신다면…….

영상에서 친절하게 한시민과 국왕이 말해주었으니까.

-아, 모르고 본인도 피해자다?

-당연히……! 알았으면 앞장서서 그런 쓰레기 같은 대륙의 폐기물들을 집회 장소에서 일괄적으로 깡그리 잡아 처넣었을 겁니다!

그리고 그다음부터 이어진 갑과 정의 말들은 보는 이들로 하여금 이 대화의 끝을 예측하게 만들어주었다.

-그래?

-물론입니다!

-난 또. 진작 말했으면 폐하께서 이렇게 극단적인 결정은 내리시지 않으셨을 텐데. 아쉽네. 그래도 지금이라도 늦지 않았

으니 어때? 폐하께 저지른 불경을 조금이나마 회복할 기회를 줄게.

-…….

-뭐야, 그 똥 씹은 표정은. 설마 흑마법사들과 연관된 수많은 모험가와 왕국들의 최종 목표가 대륙의 지배와 동시에 제국의 주인이 되려는 것임을 모르는 건 아니지? 아니면 네가 사실은 그럴 생각이었다거나.

-절대! 절대 아닙니다! 앞장서겠습니다!

-아니, 왕성도 다 파괴된 마당에 그렇게 무리할 필요는 없어. 제국의 힘이 남의 도움을 받을 정도로 약하지도 않고.

-아, 그럼…….

-그냥 지원만 해. 예전에 전쟁 때도 많이 도왔다며. 그런 식으로. 굳이 위험을 무릅쓰라고 안 할게. 뒤에서 빵빵하게 돈 걱정 없이 싸울 수 있게.

-…….

-뭐, 달라는 건 아니고 너희가 만든 오해 때문에 이번에 쓴 돈이 20만 골드 정도 되니까 잘 감안해서 생각해 봐.

-……예, 알겠습니다.

-아! 그리고 하나만 더. 다음 목표 잡고 가야 하는데 여기서 가장 가까운 왕국 중에 여기랑 비슷한 왕국 하나만 꼽아봐.

-…….

-리스트 다 짜고 왔긴 했는데 막상 이렇게 억울한 왕국도 있다는 걸 들으니 살짝 수정이 조금 필요한 거 같아서. 일단 억울한 곳들부터 방문을 좀 해야겠네.

대책 없는 제국의 힘에 의한 압박이 아니다.

명분이 충분하다. 그게 비록 증거는 없는, 신전의 말일 뿐이지만 그 정도로 의심할 사람은 아무도 없을 것이다. 신의 이름을 걸고 신전이, 성기사들이 거짓말을 한다는 건 곧 정말 대륙이 멸망에 이르렀다는 뜻이니까.

그렇다고 우기기에도 이미 신전과 황실은 깨끗한데 모험가 한 명이 더럽히고 있다는 걸 전제로 집회를 여는 유저들에겐 모순적인 주장이 될 수밖에 없다.

해서 애매해졌다. 결정을 내려야 할 순간이었다.

계속해서 맞서겠느냐, 아니면 이대로 접겠느냐.

머리가 아파 왔다.

5

오버한 부분이 없지 않아 있었다.

본인의 원래 성격이기도 하지만 방송에서 그렇게까지, 고위 NPC를 상대로 굳이 그럴 필요까지는 없었다.

뭐, 그래도 상관없기도 했지만. 더 원만하게 일을 풀어 나갈 생각이었으면 좀 더 한시민의 방식대로, 더 뜯어먹기 위한 회유를 강하게 했겠지.

하지만 그러지 않고 돈을 뜯기보다, 대신 제국의 위엄과 앞으로의 황제, 아니, 황녀의 뜻을 강하게 어필한 건 그가 나선 게 오로지 주인공이 되고 싶어서가 아니라 제국의 뜻을 대신하는 이라는 걸 보이기 위함이었다. 그리고 앞으로의 행보에 보다 편하기 위함이고.

또 몇 개의 왕국에 처들어가야 할지 모르는데 매번 메테오를 쓸 수는 없지 않은가.

처음이야 영화의 초미고 관객들의 시선을 사로잡는 동시에 긴장감과 기대감을 불어넣어야 하니 출혈을 감수하고 CG를 빵빵하게 넣었지만 계속해서 그러는 건 제작사 입장에서 굉장히 손해가 될 수밖에 없는 부분이다.

게다가 한두 개도 아니고 수십 개의 왕국이다. 대륙은 그만큼 넓고 자잘한 왕국들까지 방문하는데 그런 고생을 들인다는 건 뭐랄까, 돼지 목에 진주 목걸이라고 해야 하나.

굳이 첫 번째 타깃으로 대륙에서 제국 다음으로 꼽는다는 다섯 왕국 중 하나를 선택한 게 아니다.

실제로 효과는 훌륭했다.

우선 황녀의 시선부터 사랑이 흘러넘쳤다. 그에게 낀 팔짱을 풀 생각을 않았고 밤만 되면 한시민의 막사에서 나올 생각을 않았다.

당연히 에피아가 질투했지만 생각만큼 적의를 드러내거나 소유욕을 보이진 않았다.

서큐버스로서의 자신감이랄까, 서큐버스 여왕이자 마왕의 여유랄까.

마치 내가 정실이라는 걸 당연하다는 듯 받아들이며 하등 종족에 대한 질투하는 것 자체가 굉장히 품격이 떨어진다고 생각하는 느낌.

물론 에피아의 얼굴로 그러면 고고하다기보단 귀엽다.

그런 호강 속에 방문한 다음 왕국에서도 훌륭한 효과가 드러났다. 그냥 방문만 했음에도 알아서 길을 열어준다. 왕이 버선발로 뛰쳐나와 그를 맞이한다.

"아이고! 황녀님! 이런 누추한 곳에 어인 일로 오셨습니까!"

적대할 의지가 없다는 뜻을 극명하게 보여준다. 한시민이 본보기로 잡고 무력시위를 한 본질적인 이유를 꿰뚫어 본 현명한 자의 선택.

이야기는 자연스럽게 물 흐르듯 흘러갈 수밖에 없다.

원하는 것은 정해져 있고 오기 전에 이미 대륙 전체에 공표해 놓았다.

방문을 받는 왕국에게 주어지는 선택지는 두 개다. 싸우거나 바치거나.

순순히 바치면 괜찮다.

"꺼져라! 대륙을 어지럽히는 악의 무리! 그 뻔뻔한 낯짝을 잘도 들이미는구나! 황녀님! 절대 속으시면 안 됩니다! 저 요망한 계집은 마왕입니다!"

하지만 이렇듯, 모든 왕국이 그렇게 고분고분하지는 않다. 제국은 두려워하지만 동시에 승산이 있다고 판단한 싸움에서는 쉽사리 물러서지 않는다. 제국에게 명분이 주어지고 그걸 옹호하는 자들은 쳐 내겠다고 선포한 상황에서도.

아닌 건 아닌 왕국들도 존재한다.

유저들 또한 마찬가지다. 그들은 오히려 그런 외압에 굴복하지 않는다. 잃을 게 없으니까.

더 날뛴다. 왕국들이 자체적으로 진압한다 해도 신경 쓰지 않는다.

원래 집회란 그런 것이다. 무언가 그들을 막는 움직임이 있으면 뭔가 더 하는 것 같고 이뤄내는 것 같은 성취감을 얻는다.

자연스럽게 그런 왕국들에선 발목이 잡힌다. 소수 정예니 뭐니 해도 빼액이의 대규모 마법이 없으면 생각만큼 훌륭한 그림을 만들어낼 수 없다.

해서 한시민은 다음 카드를 꺼냈다.

채비를 갖춘 제국군들.

대규모 군대가 움직이기 시작했다.

그게 시작이었다. 진짜 혼란의 시작.

그 와중에 켄지는 한시민에게 연락을 취했다.

"진솔한 대화를 나눴으면 좋겠습니다."

-얼마나 진솔하게요?

"유저 대 유저로. 메인 퀘스트 전부 빼고 인간 대 인간으로. 현 상황에 대해."

한시민은 흔쾌히 수락했다.

-그럼 아무래도 현실에서 만나는 게 편하시겠죠?

"지금 당장 출발하죠."

-어디 사시는데요?

"시민 님이 대한민국에 사시지 않나요?"

-네.

"여덟 시간 안에 연락드리겠습니다."

약속은 그렇게 잡혔다. 1년이 넘는 켄지와의 인연 속 현실에서의 첫 만남은.

6

켄지는 나름 대륙의 상황을 잘 읽었다고 생각했다.

한 왕국의 왕 자리에 앉으며 일개 유저일 때는 결코 알 수 없었던 NPC들만의 정보들도 접할 수 있게 되었고 주변 왕국들이 알아서 현재의 상황에 대해 몰랐던 것들을 알려주기도 하고 또 많은 유저가 그에게 쪽지로 많은 제보를 해주었으니까.

자리가 사람을 만든다.

이건 게임이든 현실이든 변치 않는 진리였다. 괜히 그런 말이 나오는 게 아니다. 진짜 어느 곳이든 인간은 맞춰가게 되어 있다.

쏟아지는 정보들과 왕이 되기 전엔 몰랐던 수많은 것을 익히고 받아들여 더 빨리 성장하게 위해선 읽고 싶지 않아도 읽을 수밖에 없었다.

특히 유저들 간의 랭킹에만 신경 썼던 지난날과 달리 이제는 유저들 간의 랭킹 따위보다 주변국들의 군사 보유 현황이나 전투력에 신경 쓰게 된다.

그 차이.

자부심을 갖지 않으려 해도 않을 수가 없다. 그만큼 게임을 열심히 하고 있다는 뜻이다. 당연히 게임을 플레이하는 데 있어 자신감이 생긴다.

하지만 한시민의 대처, 제국군의 갑작스러운 움직임과 들이 닥치는 무형의 손들은 그런 켄지의 자신감을 일순간 바닥으로 곤두박질치게 하기 충분했다. 치지 않으면 이상한 것이다.

이를테면 이런 것이다. 수능을 10수 정도 하고 아예 직업을 수험생을 가르치는 전문 교사로 돈까지 벌며 명성을 얻었다.

이제는 굳이 긴장하고 준비하지 않아도 수능 문제 출제자의 의도마저 줄줄 꿰고 있어 0점 혹은 만점을 맞을 수 있다고 자신하는 상황에서 수능을 마치고 나왔는데 TV에서 수능 출제자가 문제에 관한 이야기를, 그는 전혀 본 적도 없는 형식으로 풀어 나가고 있는 모습을 본 느낌이랄까.

상식의 파괴. 충격의 도가니다.

이런 과정에서조차 자신의 자신감이 무너졌는데 결과는 잘 나올까?

절대.

잘이고 뭐고 성적표를 받기도 전에 그 부분에 있어서만큼은 확신할 수 있다.

망했다.

차라리 수능은 내년을 기약이라도 하면 된다. 하지만 판타스틱 월드는 아니다.

1분 1초, 주식보다 더한 경쟁 시장이다. 눈을 깜빡일 때마다 상황이 달라지고 한 왕국이 망하고 골드의 시세가 오르내린다.

물론 게임이 오픈하고 골드만큼은 단 한 번도 시세가 떨어진 적이 없지만 어쨌든 그렇게 변화가 빠른 시장에서 혼란을 겪었다.

그냥 잠깐 어지러운 것도 아니고 일시적으로 뇌가 정지할 만큼 큰 충격이었다.

그토록 자신감 넘치게 매일매일을 판타스틱 월드에 투자하며 현 상황을 줄줄 꿰고 있던 켄지가 이게 지금 내가 하고 있던 게임이 맞나 아주 잠깐이지만 이질감을 느꼈다.

계획엔 없던 변수. 예상치 못한 방향으로 흘러가는 그림.

황실과 신전을 구할 명분으로 시작한 퀘스트가 한순간 마왕을 구하기 위해, 부귀영화를 누리며 동시에 제국과 신전을 무너뜨리기 위한 유저들의 반란으로 탈바꿈됐다. 거기서 켄지는 그 반역자들의 수장이 되었고.

그 이유를 알아야겠다. 어떻게 당했는지 알고 싶다.

당연히 상대방이 말해줄 리가 없다.

말해주면 바보지. 적이 이렇게 야심 차게 준비한 카드에 당황하고 있는데.

알려주면 곧바로 대비하고 수습할 것이다.

하지만 그럼에도 켄지는 이 방법을 선택했다.

확신은 없었다.

'시민이라면 가능할 거야.'

없었지만 자신감은 여기서만큼은 충분했다.

게임이 아닌 현실. 켄지의 사실상 판타스틱 월드 내에서 목소리를 낼 수 있는 유일이자 최고의 무기. 그곳에서 거래를 한다. 돈으로.

말도 안 되는 말이긴 하다. 한두 푼이 오가는 게임도 아니고 한시민은 이대로 쭉 가면 반란을 진압한 영웅이 되고 동시에 지금의 영예를 이어 나갈 수 있으며 무난하게 대륙 최고의 유저가 되어 현실에서의 삶도 지금보다 몇 배는 더 윤택해질 테니까.

해서 거래라는 것이다. 그렇게 부자가 되기 위해 켄지보다 더 큰 그림을 그린 한시민이니까.

-어디서 뵐까요?

희망은 믿음으로 보답했다.

한시민의 망설임 없는 긍정적인 대답에 켄지는 곧장 로그아웃했다.

어찌 보면 편법이다. 자존심이 상하는 선택이 될 수도 있다. 지금은 눈에 뵈는 게 없어 선택했지만 나중에 진짜 후회할 수도 있다.

금전적인 부분이 아니다.

자존심.

게임을 하는 데 있어 누군가에게 완전히 말려 절벽 끝에서 고꾸라질 위기에 처했다.

물론 그렇게 되어도 게임은 다시 이어갈 수 있다.

떨어지면 떨어진 대로 올라가면 그만이다.

하지만 그게 싫어서, 지금의 텐션을 유지해 더 치고 올라가고 싶어서, 여기서 떨어지면 더 이상은 한시민을, 아니, 스페셜리스트조차 따라잡지 못할 것 같아서 치트키를 쓰는 셈이 된다.

하나 그건 그때의 문제다. 지금은 알아야겠다. 그가 모르는 배후에서 어떤 일이 있었는지, 그가 어떻게 당했는지.

결말은 나와 있지만 과정을 모르고 당하는 건 정말이지 실패를 모르고 살았던 켄지에게 있어 있을 수 없는 일이었으니까.

진중한 표정의 켄지가 캡슐에서 나와 채비를 갖추었다.

그의 전용기가 오랜만에 활주로를 달렸다.

나갈 필요는 없었다. 사실 이제 더 이상 한시민은 켄지와 거래하지 않아도 자생하며 인생 최종 목표인 놀고먹기를 시전할 수 있을 만큼의 위치에 올랐으니까.

별다른 거 하지 않고 지금처럼만 꾸준히 방송하고 강화하고 등쳐먹으면서 더도 말고 덜도 말고 1년만 빡세게 뛰면 켄지만큼은 아니지만 제 한 몸, 아니, 가족이 생긴다면 자식들까지 평생 놀고먹을 돈 정도는 마련할 수 있다.

하지만 그렇게 만족할 거였으면 이렇게까지 올라오지도 못했을 것이다.

한시민은 언제나 배고프다. 더 벌고 싶고 목표는 항상 재벌 회장들 정도는 기본으로 깔려 있다.

그러다 보니 냅다, 나가면 좋을 게 하나도 없다는 걸 알면서도 켄지의 요청을 받아들였다.

물론 생각 없이 그냥 돈이나 벌겠다고 수락한 건 아니다. 그도 이제 무작정 돈이면 좋다고 덥석덥석 무는 단계는 벗어났다.

철저한 계산을 했다.

오랜 시간 계산할 필요는 없었다. 애당초 지금 그리는 큰 그림은 켄지를 어떻게든 물 한 번 먹어보겠다고 짠 게 아니니까.

그냥 거쳐 가는 붓질일 뿐이다. 아니, 거쳐 가는 것도 아니다. 그림과는 전혀 관련이 없는 파리 정도랄까.

붓질을 하다가 눈치 없는 파리 한 마리가 한시민이 그리는 큰 그림에 앉았고 엉덩이가 무거워 다가오는 붓을 보지 못하고 그대로 눌려 그림에 포함되었을 뿐이다.

그런 파리가 자기는 이게 무슨 영문인지 몰라 원하는 걸 줄 테니 꺼내달라고 한다.

원래라면 굳이 꺼내줄 필요를 못 느끼겠지만 충분한 대가를 받으면 파리 정도 꺼내고 붓질 한 번 더 하는 게 어려운 일은 아니다.

그래서 가벼웠다, 발걸음이.

어찌 됐든 힘을 잃은 에피아가 낼 수 있는 수익들을 메우기 위해, 또 그녀의 신분을 감추기 위해 시작했던, 한시민에게도 상당히 머리가 아프고 수면을 취하는 고작 몇 시간조차도 어떻게 해야 하나에 대한 고민을 자면서까지 할 정도로 복잡했던 문제다.

제아무리 한시민이라 한들 다른 사람들의 마음과 생각까지 고려해 가면서 모든 일을 성공적으로 풀 수 있진 않으니까.

그런데 결과적으로 노력한 만큼 분위기는 흘러갔고 켄지가 거래를 요청했다.

받아낼 거?

원하는 만큼 주고 받아내고 싶은 만큼 받아낼 것이다. 그러니 마음이 편할 수밖에.

본전치기는 했다 생각이 든다.

"룰루."

게임을 로그아웃하는 데 부담도 없다. 이제는 막말로 그냥 아무것도 안 해도 된다.

앞장서서 왕국들을 조지러 다니고 있기는 하지만 그의 역할은 첫 번째 왕국에서 본보기를 통해 제국의 의지를 누구보다 확실하게 보이는 것에서 끝.

지금 돌아다니는 것은 보다 효율을 내기 위함이다.

어차피 더 이상 삐액이를 통해 골드를 쓸 생각도 없기에 사실상 전투를 진행하는 건 제국군과 황실 기사단들.

또 따라다니는 가장 큰 이유가 토끼들을 통해 부가적인 수입을 내기 위함이 아니던가. 그런 잔챙이 수익보다 켄지와의 만남이 훨씬 돈이 많이 된다. 그건 확신할 수 있다.

지금은 적이지만 현실에서도 적일 필요는 없기에 미소를 장착했다. 게임에서도 그와 사이가 안 좋았음에도 인상을 찌푸렸던 적은 단 한 번도 없음이 오늘따라 왜 이렇게 뿌듯한지.

"역시 사람 일은 아무도 몰라."

좋은 대화를 할 수 있을 것만 같았다.

"……그런데 님들은 왜 따라오셨어요?"

"우리도 가면 안 돼?"

"뭐 안 될 건 없다고 하긴 하던데 굳이 필요할 것 같지는 않은데."

"그래도 언제 세계적인 재벌 원탑을 사적인 자리에서 만나보겠어. 회사는 오빠가 경영할 거라고 쳐도 앞으로 자주 볼 거 같은데 얼굴 정도는 익혀둬도 좋잖아."

"……."

따라온 세 사람만 아니었으면.

"이제 서로 달리는 방향이 다른 것 같은데 이전의 감정은 풀고 이왕이면 협력하는 게 서로에게 좋지 않을까 싶어서 부탁드렸는데. 감사해요, 시민 씨."

뭐 강예슬이나 정설아 정도는 이해한다. 남자라면 자리에 예쁜 여자가 둘이나 있으면 자연스럽게 긴장이 풀어지고 저도 모르게 생각 이상으로 마음이 열리게 되게 마련이니까.

그런데 도무지 정현수는 왜 따라왔는지 모르겠다. 의문이 담긴 시선에 정현수가 어깨를 으쓱였다.

"인맥 관리에 도움 좀 받자."

"……."

예예.

당당한 말에 대꾸할 말을 찾지 못했다. 다른 사람이었다면 나는 뻔뻔해도 되지만 넌 뭔데 식으로 나왔겠지만 그래도 정이 많이 든 정현수다.

'우리 사이'라는 수식어를 붙일 만하다.

게다가 이건 계약서 없는 거래이기도 하다. 재벌이라면 누구나 억만금을 들여서라도 갖고 싶어 하는 친분.

그와의 만남을 어찌 됐든 어떤 식으로든 주선을 해 안면을 트게 만들어준 은혜를 회사 경영에 뜻을 밝힌 정현수가 갚지 않을 리가 없다.

그렇게 넷이 약속 장소로 향했다.

만남의 장소는 서울의 5성급 호텔 최상층 스위트룸이었다.

한 층을 하나의 방이 차지한 넓은 방은 은밀한 대화를 나누기에도 좋고 편안하게 야경을 즐기기에도 좋으며 동시에 품격이 느껴져 고급 정보들을 풀기에도 편안했다.

물론 하루 종일 캡슐에 누워 게임이나 하는 게임 폐인들에게 그런 장소들 따위는 중요치 않았다.

방문이 열리고 보이는 켄지의 모습.

게임상에선 그래도 자주라고 말할 수 있을 만큼, 볼 만큼 본 얼굴이지만 현실에서는 처음 보는 그의 얼굴.

말끔한 세미 정장에 정갈한 머리, 잔근육이 드러나는 탄탄한 몸. 보는 이로 하여금 첫인상만으로 호감이 들게 하는 미소와 젠틀함.

재벌 2세인 스페셜리스트조차 주눅이 들었다.

어쩔 수 없다. 현실은 이게 곧 레벨이니까.

판타스틱 월드에서는 한시민이 따라올 수 없는 넘사벽이라면 현실에서는 켄지가 그러하다.

아니, 그 차이보다 더 심하다. 현실에서 켄지는 비교하자면 거의 베타고급이다.

자신감 넘치게 따라왔던 스페셜리스트. 하나 그들은 그보다 더 놀라운 장면을 목격했다.

　따지자면 1년 전까지만 해도 그냥 평범한 백수였다 운이 좋아 벼락부자가 된 한시민이, 게임을 이제 막 시작해 돌아다니다 스페셜 아이템 하나 주워 먹어 이름 좀 날린 일개 유저가 베타고에게 먼저 다가가 손을 내민다.

　"안녕하세요. 현실에서 뵈니까 더 잘생기셨네요. 게임에선 완전 호구 같아서 살짝 의심했었는데. 마음 놓고 편하게 대화할 수 있을 것 같네요."

　조금의 긴장감 없이, 스스럼없이 다가가는 한시민.

　"반가워요. 켄지입니다."

　"······헐."

　한국어로 능숙하게 대답하는 켄지. 분위기는 생각보다 가벼워졌다.

7

　한시민 인생에서 최고로 잘한 일, 단 한 가지를 꼽으라고 한다면 26년을 되돌아보며 많은 고민을 할 것이다.

　비록 오래 산 건 아니지만 정말 많은 일이 있었다.

　뭐 표면적으로, 대외적으로 말을 할 때면 이미지를 위해 망설이지 않고 우리 부모님의 아들로 태어날 수 있었던 것을 꼽겠지만 그게 아니라면, 진지한 휴면 다큐 프로그램이 아니라면 굳이 이미지를 생각하지 않고 어렸었던 20년은 제외하고 성인이 된 이후의 6년을 생각할 것이다.

5년 하고도 이제 거의 반. 그사이 머릿속에 남아 있는 20년보다 더 많은, 그리고 스펙터클 한 일이 훨씬 많이 벌어졌으니까. 대한민국 남자라면 군대에 갔던 기억만큼 쉽게 잊기 힘든 것도 없을 테고.

하나 그건 굳이 잘한 일이라고 생각할 수 없다. 그냥 오래서 갔고, 갔다 오니 군대 걱정할 필요는 사라져서 좋은 거지 진짜로 군대에 가는 게 좋다고 생각하는 남자는 단 한 명도 없을 것이다.

해서 세 개 정도로 범위는 단축된다.

진짜 그때로 돌아간다고 해도 한 치의 망설임도 없이 다시 한번 그 일을 후회하지 않고 선택할 만큼 좋았던 일.

첫 번째로 사고.

불의의 사고였다. 원치 않았고 당하리라 생각조차 못 했었다. 한데 당했고 그 뒤로 한시민의 인생은 180도 달라졌다.

강화를 성공할 능력. 현실의 카지노에서 돈을 딸 능력 같은 게 아니라 큰 효과를 많이 보지는 못했었지만 판타스틱 월드라는 판이 만들어지며 지금의 한시민을 있게 만들었다.

두 번째로는 스페셜리스트를 만난 것.

그날을 절대 잊지 못한다. 사고는 원치 않아 당했지만 이건 원해서 선택한 만남.

이어지는 관계는 쌍방이 원치 않으면 불가능하다. 덕분에 게임에서 성장할 발판을 마련했고 현실에서도 집구석 폐인 백수가 아닌 대한민국을 넘어 세계에서 이름을 알리는 그룹의 후계들과 인연을 맺은 나름 인맥 있는 사람이 되었다.

하지만 결국엔 선택은 마지막일 수밖에 없었다. 고민하고 또 해봐도.

"전 정말 태어나서 켄지 님과 좋은 인연을 맺은 게 제일 잘한 일 같아요. 서로 원원하는 슬기롭고 현명하고 아름다운 세상. 덕분에 해외에 집도 생기고 조만간 미국에 놀러 가서 묵을 데도 있어서 마음도 편하네요."

켄지와의 만남, 그리고 거래, 인연.

한시민이 아니라 그 누가 한시민의 입장이 되었다고 해도 마찬가지였을 것이다.

속물로 보일 수도 있지만 뭐 어쩌겠는가.

돈이 최고인 세상에서 가장 많은 돈을 가진 사람에게서 돈을 뜯어먹는다.

인생의 터닝 포인트가 되는 건 당연한 말.

스페셜리스트에겐 미안하지만 그들에게서 뜯어낸 돈 하고

는 비교할 수 없을 정도로 많다.

오늘 그 옳은 결정을 다시 한번 확신하기 위해 최고치를 경신할 생각이고.

도전 정신.

확신.

이런 생각들은 켄지 앞에선 아무것도 아닌 한시민을 자신감 넘치는 청년으로 만들어주었다.

인사를 건네는 켄지의 입가에도 자연스럽게 미소가 지어졌다.

그는 많은 공부를 했고 굳이 배울 필요가 없는 한국어까지 소통을 위해 배웠다.

1개국은커녕 귀찮아서 손짓으로만 대화해도 상대방이 수긍하고 기분 나쁜 티를 내지 않을 위치에 있는 켄지에게 한시민이 얼마나 중요한 대상인지를 증명해 주는 상황.

그런데 만약 그렇게까지 정성을 들였는데 한시민이 우물쭈물하거나 켄지의 기에 눌려 말도 제대로 못 했으면 실망할 뻔했다.

설마 그럴 일은 없으리라 단정 지었었지만 원래 사람 일은 모르는 것이기에.

게임과 현실이 극단적으로 다른 사람은 많다. 아니, 다를 수밖에 없다. 다른 게 맞는 것이다. 제2의 현실. 하루 종일 쓰고 있는 가면을 누구도 나를 알아보지 않는 세상에서까지 쓰고 있을 사람은 없으니까.

한데 한시민은 똑같았다. 자신감 넘쳤고 세계적인 기업가인 그에게 당당하게 초면에 보자마자 악수를 건네며 거래를 제안하고 있다.

뭐랄까.

한시민에게 있어 지금의 자리는 그냥 게임의 연장선, 게임에서는 할 수 없는 이야기를 할 가상의 공간이라는 느낌이라는 게 확연히 와닿는다.

그렇기에 기분이 나쁘지 않았다. 자신감과 더불어 기본적인 예의, 명함을 주고받는 행위가 없었음에도.

오면서 은근히 기대는 했었다. 그래도 켄지인데, 여기서라도 갑의 위치에서 대화를 나눌 수 있지 않을까.

하지만 마주하니 그 생각은 깨졌다. 그는 한시민과 게임에 관한 이야기를 하기로 했다.

그저 켄지와 시민일 뿐이다.

생각이 정리되자 그도 기업가 켄지가 아니라 판타스틱 월드의 켄지 길드 마스터로서 말을 꺼낼 수 있었다.

"정보를 사고 싶습니다."

물론 게임 속 길드 마스터 켄지보다는 보다 명확하게 자신감이 넘쳤다.

켄지가 요구한 건 별게 아니었다.

마계에서의 미공개 영상분에 대한 그가 모르는 상황 설명, 천왕과 마왕과의 관계에 대한 또 한 번의 간략한 이야기, 대륙으로 넘어오고 나서 그가 꾸몄던 일들과 지금 그들에게 닥친 상황에 대한 비하인드 스토리.

거창하게 전용기까지 띄워가며 기름을 바다에 쏟아붓고 온 것에 대한 가치라고 보기엔 그리 큰 가치를 가진 정보라고 보기엔 어렵다.

대충 커뮤니티만 뒤져 봐도 현 상황에 대한 정리와 어떻게 된 것인지에 대한 그럴듯한 추측은 적어도 네 자릿수 이상 찾아볼 수 있으니까.

실제로 그냥 20만 원만 걸고, 아니, 그가 거느린 수많은 직원 중 한 명에게만 정리해 오라고 해도 들을 수 있다.

하지만 켄지는 그런 카더라는 원치 않았다.

본인의 입으로 직접 들으리라.

그 정보의 가치가 한시민과 거래를 할 만큼 충분하다고 판단했다.

한시민은 고개를 끄덕였다.

"어려울 건 없죠, 현실에선."

거래할 의사가 있음을 적극적으로 표출한다.

"얼마 주느냐에 따라 스토리를 조절할게요."

그리고 선택권을 켄지에게 넘긴다.

"……."

과연 한시민다운 행동이다. 마치 옛 게임에서 물건을 사러 온 손님에게 제시 한번 해보라는 꼴.

손님이 가격을 불러야 하는 상황도 어이가 없는데 더 웃긴 건 가격을 부르고 물건 주인이 마음에 드는 만큼만 물건을 떼주겠다고 한다.

이런 계산법은 태어나서 단 한 번도 듣도 보도 못했다. 그랬지만 뭔가 신박했다.

입꼬리가 자연스럽게 말려 올라간다. 어이가 없어서가 99%였지만 그래도 뭐랄까. 가진 게 돈밖에 없는 켄지에게 주어지는 미션 같다고 해야 하나.

비록 메인 퀘스트는 단 한 번도 독점한 적이 없지만 이거만큼은 독점하고 싶었다.

저 자신감 넘치고 너 따위가 깰 수 있을 것 같으냐는 시선을 뭉개고 싶다.

저 입가에 랜드마크를 건설해 다시는 까불지 못하게 만들어 주리라.

그렇게 생각한 켄지의 머릿속에 그의 자산들이 좌르르 펼쳐졌다.

물론 아무리 똑똑한 그조차도 전부 기억하진 못한다.

괜히 자산을 관리하는 관리사들을 거의 하나의 회사급으로 운영하는 게 아니다.

그가 떠올리는 것들은 세계 각지에 퍼져 있는 켄지 명의의 자산 중 그가 기억할 만한 가치가 있는 것들이다.

당연히 비싼 건 두말할 필요도 없다. 그것들만 해도 머릿속이 꽉 찰 만큼 많다.

거기에 필터를 돌린다.

'섬, 현금화하기 힘든 자산 제외, 20대 중반의 남자, 돈에 대한 집착이 강하고 유지비가 많이 들지 않는…… 아니, 들어도 상관없지만 자신이 부담하기엔 힘든 것들 위주로.'

비싸기만 한 건 한시민도 구입할 수 있다. 그의 재산이 수백억대라는 사실은 알 만한 사람들은 다 안다. 그렇게 추려진 게 켄지의 입을 통해 내뱉어졌다.

"집, 차, 빌딩을 한화 600억으로 환산해 세금 부담하고 드리죠. 이 정도면 맥스로 가능합니까?"

"……."

기준은 당연히 켄지가 판단한 한시민이었다.

한시민의 입에 떡 벌어졌다. 단 1초의 망설임도 없이 한시민이 켄지의 두 손을 마주 잡았다.

"그냥 저를 가지세요."

⑧

원래 사람은 돈을 가질수록 눈이 높아지게 마련이다.

한 달에 10만 원 벌던 사람이 100만 원 벌기 시작하면 금세 익숙해져 10만 원은 돈처럼 보지도 않고 그러다 1,000만 원을 벌기 시작하면 또 100만 원 벌던 시절을 잊고 금세 씀씀이가 커져 버린다.

한시민 또한 마찬가지다. 한 달에 30만 원, 아이템을 강화해서 겨우 100만 원 벌던 그 시절, 월세를 내고 라면을 끓여 먹으며 전기세를 내면서 전전하던 그때와 비교하면 지금은 하루에 잘하면 20억도 벌 수 있으니 비교할 수 없다.

실제로 씀씀이 또한 늘었다.

평생 게임에 현질은커녕 10원짜리 하나라도 뽑아먹으려고 노력하던 그가 이제는 더 나은 미래를 위해 게임에 몇억씩 투자할 줄도 아니까.

게다가 통장에 쌓인 돈을 이제는 어떻게 쓸까에 대한 고민도 시작했다.

하지만 다른 사람들과 다른 점이라면 그는 언제나 과거를 잊지 않는다.

난방도 안 되고 에어컨도 없는 8평이 채 되지 않는 원룸 안에서 하루 한 끼, 라면 먹는 것조차 한숨을 내쉬어야 했던 그 시절.

그때로 돌아갈까 항상 걱정한다.

쓸데없는 걱정이긴 하다. 정상적인 궤도에 올랐으니 잘될 미래만 생각하면 되는데 언제나 최악을 가정하기 때문이다.

나쁜 건 아니다. 덕분에 현실을 냉정하게 파악할 수 있었다.

한시민이 생각한 켄지와의 거래에서 그가 필요한 정보의 대가는 크지 않았다.

많이 높아진 그의 기준으로도 기껏해야 10억? 20억?

그마저도 켄지가 그만큼 쓰는 위인이니까 혹시나 하는 마음에서 제시를 불렀었다. 그런데 역으로 상상도 못 했던 금액이 불렸다.

흥정?

'그딴 걸 왜 해.'

호박은 넝쿨째로 굴러오지도 않을뿐더러 굴러올 때 잡지 않으면 다른 놈이 먹는다.

앞으로의 켄지와의 관계, 그가 무슨 생각으로 600억을 불렀는지에 대한 고민.

이런 건 하나도 개의치 않았다. 그냥 금액 그 자체. 그것만으로 콜을 외쳤다.

악수와 함께 그대로 지금까지의 상황을 자세하게 설명해 주었다.

한 치의 망설임도 없었다. 입금을 받지도 않았음에도 술술 내부는 건 한시민에겐 상상도 할 수 없는 일임에도 그만큼 켄지를 믿는다는 걸 보여주는 상황.

그 과정에서 스페셜리스트의 상황과 이런저런 방송에서는 공개되지 않았던 비밀들도 밝혀지고 현재 흑마법사들과의 결탁 관계, 앞으로의 미래까지 술술 흘러나왔다.

그럼에도 후회하지 않았다. 처음 생각했듯 켄지는 이 그림에서 그리 중요한 인물이 아니다. 당연히 중요한 인물이 아니니 무슨 일이 벌어질지 알게 된다 하더라도 상관이 없다. 영향을 줄 수 있을 리가 없다.

"원하신다면 켄지 왕국은 빼드릴게요. 아니면 추가 요금을 받고 원하시는 그림으로 덧칠하는 것도 가능합니다."

아낌없이 퍼준다.

비싸서 그렇지 한시민은 대가를 받고 그냥 설렁설렁 한 적이 한 번도 없다.

600억에 추가 요금. 그거면 이런 정보들은 열 번이고 말해 줄 수 있다.

거기에 서비스를 더했다.

"미래는 저도 잘 몰라요. 그냥 계획이니까. 어떻게 바뀔지도 모르고 변수가 나타날지도 모르죠. 당장 천왕이 힘을 되찾으면 그 순간 에피랑 저는 모가지 날아가는 거니까. 그래서 딱 거기까지만 말씀드릴게요. 이 그림의 끝. 마무리 점이 찍히는 거기까지만. 최악의 최악. 메인 퀘스트 4-1막의 마무리라고 볼 수 있는 곳까지."

오프 더 레코드.

켄지가 한시민을 현실에서 만난 가장 중요한 이유가 호텔 방 안에서 공개되었다.

9

진중한 이야기는 밤늦게까지 계속되었다.

기껏해야 게임 속에서의 이야기와 앞으로의 방향에 대한 토론일 뿐임에도.

물론 판타스틱 월드를 생업으로 삼는 수많은 사람이 들으면 발끈할 수도 있지만 현재 모여 있는 사람들의 신분들을 생각해 보면 웃길 수밖에 없다.

재벌 2세들, 그리고 세계를 움켜쥔 거부, 벼락부자가 하룻밤 숙박료만 천만 원에 육박하는 방에서 밤늦게 한다는 이야기가 게임에 관한 것이었으니.

하지만 당사자들은 결코 조금도 그런 생각을 하지 않았다. 오히려 게임에서보다 더 진지했다. 각자의 아버지들에게 앞으로의 그룹 운영에 대한 심도 깊은 이야기를 들을 때보다도 더, 켄지는 미국과의 징검다리 거래를 건널 때보다도 더 집중했다.

그런 만큼 성과는 분명 있었다. 게임 폐인들끼리 모여 하는 이야기처럼 보여도 무려 600억이 걸린 거래.

한시민은 최선을 다했고 켄지도 만족했다. 노력 뒤엔 공복이 찾아오는 법.

"룸서비스 해도 되죠?"

"얼마든지요."

대화의 끝이 보이자 한시민의 표정이 한층 밝아졌다. 평소의 그로 돌아온 듯했다. 아무리 그라고 해도 조금은 부담스러울 수밖에 없었다. 무려 600억이니까.

돈을 많이 벌었다지만 그만큼 번 것이 걸린 이번 거래다. 그답지 않게 갑의 마인드를 버리고 서비스업에 종사하는 사람처럼 친절하게 하나하나 궁금한 게 있으면 일일이 답해주고 모시는 데 있어 한 치의 불편함도 없도록 노력했다.

남은 건 대가다.

걱정하지는 않았다. 이미 일전의 거래에서 켄지에게 받은 부동산은 직접 써본 적도 없고 어디 내놓은 것도 아니라 돈은 되지 않고 있지만 미래에 놀고먹을 때 유용하게 쓰이리라는 것은 굳이 의심하지 않아도 되는 일이니까.

이번에도 그럴 것이다.

통장에 돈이 썩어나고 600억쯤은 황제처럼 필요한 곳에 내던질 수 있는 켄지라면 그보다 더하면 더했지 결코 조금이라도 더 떼먹으려고 수작 부리지는 않을 것이다.

그런 생각들이 미소를 절로 짓게 했다.

"이거랑, 이거랑, 이거랑, 이거. 저거랑 이거와 저거, 와인이랑 술도 가져다주시고요. 부족하면 더 시킬게요."

좋은 기분은 술을 당기게 한다. 호텔 특별가가 붙은 룸서비스를 가볍게 200만 원이 넘어갈 만큼 주문한 것도 모자라 술도 비싼 것들만 주문한다. 그러면서 눈치 보지 않는다.

"역시 돈이 많으시다 보니 통이 크시네."

"……"

있는 놈이 더하다는 걸 여실히 드러내는 모습. 뭐, 여기에선 한시민이 가장 가난하다는 사실은 변치 않기에 켄지도 별말하지 않았다.

실제로 부담되는 금액도 아니다. 다만 뭐랄까. 이런 사소한 부분에서도 한시민이 그를 호구 잡고 있다는 걸 굳이 무의식적이지만 드러낸다는 게 조금 찝찝하긴 했지만.

"많이 드시죠."

개의치 않았다. 이 정도는 게임에서 겪은 지금까지의 수모에 비하면야 별것도 아니다.

게다가 오늘 확실하게 느꼈다. 한시민은 분명 인정할 만한 사람이다. 착실하고 체계적으로 움직이는 것은 아니지만 재능충이랄까.

본능이 시키는 대로 하면서 켄지와 같은 사람들도 당황하게 하는 힘이 있다.

특히 그가 그린다는 큰 그림의 예비 도면을 전부 보았을 땐 정말 놀랐다.

지금까지 그가 지키던 자존심을 다 버린 채 그도 스페셜리스트에 끼워줄 수 있느냐 비굴하게 물어볼 뻔했다.

그건 진심이었다. 지금까지 그의 플레이에 조금도 후회가 없음에도, 다시 되돌아봐도 다시 돌아간다고 해도 이 길을 걷겠노라 선택할 수 있음에도.

진심으로 재미있어 보였다. 최고가 되기 위해 1분 1초마저 쪼개서 계산하고 움직이는 켄지와는 다른, 오로지 돈만을 위한 돈에 의한 플레이!

그러면서도 스토리가 있다. 물론 스페셜리스트는 그와 비슷한 방식으로 그들만의 소수 정예 플레이를 지향하지만 거기에 한시민이 끼어들어 켄지조차 부러워할 만큼 이색적이고 특이하게 게임을 즐기고 있었다.

지금만 해도 그렇지 않은가.

대륙 전체를 두고 가지고 놀고 있다. 겉으로는 마족들과 흑마법사를 혐오하는 척하며 신전과 친해지고 심지어 성녀마저 그의 사람으로 앉혀놨으면서 그걸 어떻게든 유지하고 뽑아낼 생각 대신 길드원들의 편인 흑마법사들에게 은밀하게 접선해 먼저 흑마법사들보다 더 흑마법사 같은 짓을 제안하고 계략을 짠다.

유저들을 포함해 NPC들을 가만히 내버려 두면서 마음껏 날뛰도록 만든 뒤 압도적인 힘으로 제압하며 위엄을 드러낸다.

양쪽, 선과 악을 모두 이용하는 느낌.

쉽지 않은 외나무 타기지만 동시에 한시민처럼 들키지 않고 잘만 할 수 있으면 그보다 효과적으로 이득을 볼 수 있는 방법은 없다.

언제나 사람들은 선과 악이라는 갈림길에서 둘 다 할 수 없기에 한 곳을 택하는 것뿐이지 팥빵과 크림빵 둘 다 먹을 수 있다면 모두 먹는 게 가장 좋은 선택이니까.

하나 차마 차오른 그 말은 내뱉지 못했다.

마지막 자존심일 수도 있다. 처음으로 한시민과 스페셜리스트가 부러웠지만 참을 수 있었다.

일시적인 감정일 뿐이다. 시간이 흐르고 지금까지 그가 걸어온 길이 틀리지 않았다는 것을 켄지 본인에게 증명해 낼 수 있는 날이 올 것이다.

그렇게 믿었다.

"자, 건배!"

깊은 밤은 이제부터 시작이었다.

점심까지 푹 자고 일어나 우리끼리 하루 더 묵고 가자고 유혹하는 강예슬을 뿌리친 채 각자의 캡슐로 돌아간 스페셜리스트와 한시민.

켄지 역시 목적을 이루고 별다른 행보 없이 전용기를 타고 돌아갔다.

넷에게 주어진 오랜만의 휴식. 12시간 이상 게임에 접속하지 않았던 적이 언제인지 기억도 잘 안 날 만큼 오래됐다.

뭔가 짧지만 긴 휴가를 다녀온 기분과 동시에 정신이 더 맑아진 듯했다. 잠이야 항상 캡슐에서 가수면 상태로 자고 있다지만 그것과 진짜 푹 수면을 취하는 건 또 다른 문제니까.

해서 한시민은 쌩쌩했다.

"가자!"

물론 그 쌩쌩함은 단지 정신적인 휴식을 취했다는 포만감에서 나오는 것만은 아니었다.

기약 없는 미래. 돈을 창조하기 위해 그리던 그림이 팔렸고 선입금까지 약속받은 상황이다.

자신이 그리는 그림이 비싼 값에 인정받고 팔린 화가의 기분이 어찌 어제와 같을 수가 있겠는가!

그 과정에서 살짝 구매자가 원하는 대로 덧칠을 해주기로 했지만 전혀 불쾌하지 않고 오히려 흔쾌히 적극적으로 나서서 원하는 방향을 설정하고 계획하고 세세한 부분까지 조율했다. 그걸 이제 그리러 가는 과정이다.

그의 뒤에는 수많은 제국군이 따르고 있었다.

10

계획의 시초는 커뮤니티에 슬슬 올라오고 있는 글들이었다.

-뭐지? 이거 사제들한테만 뜨는 퀘스트인가? 메인 퀘스트랑 비슷한 거 같은데 서브로 뜨네?

-천왕 구하기? 뭐지. 나도 떴는데. 사제긴 함.

-이건 메인 퀘스트처럼 그냥 알리는 게 아닌가 본데? 직접 구출해야 한다고 뜸.

메인 퀘스트가 나오고 사건이 진행되면서 사제들에게도 등장한 서브 퀘스트…… 라기보단 직업 퀘스트.

사제, 신전과 엮인 직업을 가진 유저들에게 공통적으로 주어진 퀘스트는 한시민이 켄지와 만나기 며칠 전에 올라와 이제는 화제가 되고 있는 내용이다.

그럴 수밖에 없다. 단순히 NPC들에게 알리고 현 사태의 심각성을 깨우치게 하는 것만으로 경험치를 주던 메인 퀘스트와 달리 실질적으로 천왕을 구출하고 대륙을 위기에서 꺼내는 내용의 퀘스트가 등장했으니까.

이게 의미하는 바는 크다. 단순히 게임을 재미로 플레이하는 유저들은 그냥 그러려니 내용만 따라가겠지만 그렇지 않고 하루 종일 게임에 담긴 철학적 의미를 파는 사람들에겐 베타고가 유저들에게 던지는 떡밥이라는 게 눈에 훤히 들어왔으니까.

메인 퀘스트를 진행하는 열쇠다!

아무리 생각해도 현 4-1막 메인 퀘스트는 이상한 점이 한두 개가 아니었다.

절대적인 목표도 없이 막연하게 알리라고만 되어 있다. 물론 최종적으로 황제와 교황을 설득해 대륙을 위기에서 구하라고 되어 있지만 거기에 도달하기엔 유저들의 수준이 한없이 낮다.

무언가 특단의 대책이 필요하긴 했다. 사실상 바뀌지 않아도 상관없기도 했고.

천천히 레벨 업 할 기회라 여기는 유저가 대부분이었다. 나중에야 어떻게 깨라고 만든 것인지 고민하고 불평하겠지만 적어도 지금은 큰 불만이 없었다.

한데 그 미래, 나중의 대책이 마련되었다.

직업 퀘스트로 나온 내용도 역시 지금 클리어하기엔 한없이 무리에 가까운 내용인 건 마찬가지다.

아니, 오히려 메인 퀘스트보다 어렵다. 차라리 메인 퀘스트는 황제나 교황을 어떻게든 만나서 말이라도 전하면 그만이지 이건 뭐 실질적인 행동으로 들어가야 하지 않는가.

현실로 비유하자면 이런 거다. 메인 퀘스트가 촛불 집회를 통해 사람들에게 부당함과 억울함을 알리는 것이라면 직업 퀘스트는 직접 칼과 방패를 들고 쳐들어가는 것.

후자가 효과가 좋긴 하다. 성공했을 때 굳이 긴 시간과 노력을 투자하지 않아도 되고.

하지만 그만큼 리스크가 엄청나다. 실패는 곧 모든 퀘스트의 실패로 연결된다.

메인 퀘스트, NPC들의 수장인 황제와 교황의 설득이 이어지지 않고 그들에게 직접적인 반기를 드는 순간 그 진실이 어떻게 되었든 거기에 가담한 유저들은 전부 반역자가 되어 어떤 말을 하든 믿어주지 않을 테니까.

해서 잠깐 화제가 되었다가 사그라지는 추세였다. 나중에 잘 이용해 보자 하면서.

한데 그걸 켄지가 다시 꺼내 들었다. 한시민과의 만남 뒤에. 현재 집회를 주도하던 유저들은 물론 왕국들마저 제국의 철퇴를 기다리고 있는 사실을 알면서도.

당당하게! 자신 있게!

직접 나서서 왕의 이름으로 공표했다.

"메인 퀘스트를 완료하고 대륙을 지킬 방법을 찾았습니다. 물론 아주 희박한 확률입니다. 해야 할 일은 두 가지. 그 두 가지 중 하나라도 실패한다면 모든 일은 수포로 돌아가고 정말 대륙은 마왕의 손에, 그리고 그녀를 추종하는 추종자들의 손에 넘어갈 수도 있습니다. 하지만 지금으로선 그것이 유일한 방법이고 또 가장 큰 희망입니다. 함께하실 모험가들과 대륙의 고수들을 모집합니다."

출사표였다. 제국에게 고개를 숙이지 않겠다는.

아니, 어쩌면 이미 피할 수 없다는 걸 알고 내던진 배수의 진일지도 모른다.

유저들은 그렇게 보았다.

그러나 다들 하나만큼은 인정했다.

열정!

왕국을 갖게 되었음에도 안정적으로 수익을 낼 생각보단 유저 본연의 마음으로 해내기 힘든 퀘스트를 해내기 위한 발판으로 왕국을 이용하는 자세!

그건 일반 유저들은 쉽게 하기 힘든 생각이다. 자연스럽게 그를 추종하는 유저가 더 많아졌다.

초보 유저들뿐 아니라 상위 랭커들도 하나둘 켄지 왕국으로 모여들기 시작했다.

도전해 보고 싶었다. 가능성이 있는 도전. 그게 설령 두 자릿수도 안 되는 확률이라 할지언정 도전하는 게 유저 아닌가.

"서부 환각의 숲에 서식하는 홀리 드래곤 헤츨링을 사냥하고 그 하트를 대신전 지하 감옥에 갇힌 천왕에게 전달하면 됩니다."

어쩌면 한 자리는커녕 1%도 안 되는 확률일지도 모른다.

그래서 더 열광하는 것일지도 모른다. 그런 희망의 물결 속에서 누구도 인간의 발길을 거부하는, 4대 금지 중에서도 가장 위험한 장소인 환각의 숲에 사는 홀리 드래곤의 정보의 출처를 묻는 자는 없었다.

11

사실 이런 혼돈의 상황 속에서 제정신을 차리고 현실을 냉정하게 파악하고 있는 유저는 정말 3천만 판타스틱 월드 유저 중에서 손가락에 꼽으라고 해도 부족할 만큼 적었다.

그럴 수밖에 없다. 당연한 말이다. 누구도 손가락질하지 못한다. 하루 종일 게임에만 매달려 있는 준당사자급인 켄지조차도 당하고 나서야 상황을 파악하기 위해 600억이라는 큰돈을 투자하지 않았던가.

아마 그런 은밀한 거래가 있지 않았으면 그 역시 얼을 놓은 채 멍하니 현재의 상황을 뒤늦게 수습하며 대처하기 위해 혼신의 힘을 다 하고 있었을 것이다.

물론 원하는 결과는 나오지 않았겠지.

후발 주자들이 다 그런 것이다.

보고 대응하면 늦는다.

이런 말들이 괜히 나오겠는가.

하물며 켄지가 그런데 다른 유저들은 어떻겠는가. 개중엔 켄지와 마찬가지로 잠자는 시간 빼고 판타스틱 월드에 매진하는 수많은 랭커도 있고 게임은 플레이하지 않지만 커뮤니티의 모든 글을 정독할 만큼 판타스틱 월드란 세계에 빠져 있는 사람도 있다.

하지만 그런 사람들에게도 1분 1초가 다르게 여기저기서 터지는, 대륙 전체에서 벌어지는 일들을 파악하고 분석하기엔 부족했다.

그만큼 빠르게 사건들이 지나갔다. 잠깐 화장실에 갔다 온 사이에 막말로 그들이 나갔던 집회가 흑마법사들의 주도하에 마왕을 구출하기 위해 꾸려진 사이비 교도의 집회가 되어 참여자들이 감옥으로 끌려가는 마당이 아닌가.

당연히 의심할 수 없었다. 그런 혼란 속에서도 냉철하게, 그리고 당당하게 현 상황에 맞서려는 켄지가 그저 멋있어 보일 수밖에 없었다.

그렇기에 지원자도 많았다. 유저뿐 아니라 NPC도 엄청난 숫자가 지원했다. 모험가들에 대한 전폭적인 지지보다는 대부분 정치적인 이유가 컸다.

이미 많은 모험가에 의해 현재 황제와 교황이 마족들에게 세뇌되었다고 믿는 초야의 고수들의 순수한 대륙을 위한 마음들과 굴복 혹은 파멸이라는 초강수를 두고 있는 상황에서 제국의 편이 아닌 기회를 잡아 도약하고자 하는 왕국들의 선택.

그리고 중립의 위치에서 저울질을 해보며 홀리 드래곤이라는, 4대 금지 중 가장 위험한 곳이라는 환각의 숲에서 얻을 수 있는 이익을 노리고 슬쩍 발을 걸치는 사람들까지.

어찌 됐든 역대급으로 사람이 모였다.

하나의 목표, '드래곤 레이드'. 드래곤 슬레이어가 되기 위한 모임.

별 쓸모도 없는 저레벨 유저들까지 켄지는 마다치 않았다.

모인 인원만 만 명이 넘는다. 그냥 어중이떠중이로만 만 명이 아니다. 전쟁터를 돌아다니며 수도 없이 많이 전투 경험을 쌓은 일급 용병들부터 시작해 각 왕국의 왕실 기사단급 기사들까지.

전력은 충분했다. 아니, 충분하다고 판단했다.

확신할 수 없는 이유는 단 하나였다.

드래곤.

비록 헤츨링이지만 드래곤이라는 종족이 갖는 변수와 동시에 누구도 탐험해 보지 못한, 그 안에 무엇이 들어 있을지 예측하지 못하는 금지라는 점. 하지만 켄지는 그런 변수조차도 생각하면서 자신감이 넘쳤다.

"헤츨링의 패턴에 대한 모든 정보 수집이 끝났고 금지에 들어가 대규모의 병력을 최소한의 피해로 헤츨링이 있는 곳까지 도달하게 할 최단 루트 또한 확보한 상태입니다."

자신감의 원천은 확고했다. 사람들 또한 켄지의 그런 근거 있는 자신감에 믿음을 갖기 시작했다.

레이드, 헤츨링 레이드가 시작되었다.

한시민은 다시 일상으로 돌아가 제국의 철퇴를 마음껏 휘둘렀다.

패턴은 여전했다.

제국군들을 이끌고 가면서 미리 연통을 보낸다.

증명해라, 반역자가 아니라는 사실을.

그러면 답이 온다. 아니면 오지 않거나.

성의를 충분히 보이면 뜯을 만큼 뜯고 그냥 지나가고 그렇지 않거나 답을 아예 보내지 않는다면 망설이지 않고 명령을 내린다.

"여긴 반역자들이 모인 왕국인가 보네. 싹 다 쳐 내!"

물론 아무리 제국군이 정비가 잘되어 있고 전투력도 높고 정예가 많다고는 해도 대륙의 모든 왕국과 전쟁을 일일이 하루 종일 벌일 수는 없다.

멀쩡한 왕국들 다 망하게 하려고 시작한 일이 아니라 제국의 위엄을 바로 세우기 위함이라는 명분으로 시작된 행보가 아니던가.

게다가 계속 싸우다 보면 제국군도 어쩔 수 없는 피해가 생기게 마련이다.

그거야 한시민이 신경 쓸 바는 아니지만 그러다 나중에 혹여 피해가 누적되는 상황이 만들어지기라도 한다면 지금까지 쌓아온 일들은 모두 한순간에 물거품이 되어버린다.

또 혹시 모른다. 주요 전력이라고 모여 있는 제국군들이 힘이 빠지는 틈을 노려 다른 왕국들이 힘을 합쳐 제국을 칠 수도 있다.

전쟁은 언제나 수만 가지의 경우의 수를 생각하고 행동해야 한다.

무엇보다 한시민은 이제 이런 삥 뜯기에 큰 의미를 두지 않았다.

"이 정도면 조금 부족하긴 한데, 어차피 올 일도 있었고 봐 준다."

처음에는 악착같이 한 푼이라도 비면 깡패 짓을 하는 걸 서슴지 않았지만 이제는 조금 비어도 그러려니 넘어갔다.

전쟁 또한 왕성을 아예 파괴하다시피 하며 챙길 수 있는 걸 모두 챙겼던 며칠 전과 달리 설렁설렁 왕만 요인 암살하는 식으로 치고 들어가 빠르게 끝냈다.

이게 모두 켄지와의 거래 덕분. 돈을 굳이 더 이상 스트레스 받아 가며 벌 이유가 사라졌다. 적어도 지금은.

그보다 신경 써야 할 것이 더 많이 생겼지 않은가.

켄지의 방송을 켜놓고 꾸준히 움직인다. 그리고 그의 손엔 천계에서 가져온 신물이 들려 있었다.

"후, 진짜 신물이라 그런가. 더럽게 강화하기 힘드네."

그는 언제나 노력하는 유저다. 쉴 틈 없이 사기 치고 본업인 강화도 잊지 않고 꾸준히 유지한다.

가끔 내가 강화사인지 사기꾼인지 헷갈리는 경우가 없지 않아 있었지만 그런 게 뭐가 중요하겠는가. 사람들의 관심도 한시민보단 진행되는 드래곤 레이드에 몰려간 상황이라 설렁설렁하며 후일을 대비했다.

긴장, 걱정?

하나도 하지 않았다. 지금 켄지의 행보는 모두 한시민과 카르디안에게서 나온 정보들을 바탕으로 진행되고 있는 것이니까.

그 말은 곧 앞으로의 켄지가 할 일들 또한 한시민이 알고 있다는 뜻이다.

그리고 가장 중요한 것.

"난 정보만 팔았지 동맹하기로 하진 않았으니까."

600억의 가치에 맞는 정보는 충분히 줄 만큼 주었다. 어쩌면 뒤통수 맞을 각오까지 하고 모두 건네준 것이니까. 그런 만큼 죄책감은 없었다.

한시민이 뒤를 돌아보았다. 그곳엔 언제나 게임 초창기 때부터 그와 함께했던 스페셜리스트와 토끼들, 수달, 카르디안과 삐액이가 있었다. 그리고 이번에 합류한 그로킬레와 아리아까지.

절로 든든한 미소가 지어진다. 이들과 함께라면 뭔들 못할까.

"우리는 하나다!"

"……또 무슨 사악한 짓을 벌이려고 저런 미소를 지으며 우리까지 공범이라고 미리 세뇌하는 걸까."

눈치 빠른 강예슬이 한발 빠졌지만 한시민의 손길을 피해갈 순 없었다.

강제로 의리를 강요한 뒤 한시민이 아공간에서 로브를 하나씩 꺼냈다.

"무려 15강이나 한 쓸데없는 로브지만 우리의 상징으로 삼죠."

"얼굴 가리기용이겠지."

켄지에게 공개한 큰 그림 뒷면에 찍은 점을 이어갈 차례였다.

12

레이드는 발 빠르게 진행되었다.

이미 카르디안에게 서부 환영의 숲에 대한 정보를 모두 건네받았고 누구도 찾을 수 없는 장소에 기거 중인 홀리 드래곤 헤슬링에 대한 정보와 그의 공격 패턴, 사용하는 마법, 약점과 어떻게 싸워야 하는지까지 전부 전해 들은 마당에 이걸 가지고 질질 끌며 시간을 보내는 게 바보니까.

방송 또한 마찬가지다. 굳이 긴장감을 유지할 필요도 없다. 예전 2D 컴퓨터 게임에서 스트리밍 방송을 하던 사람들이야 그런 긴장감을 통해 광고하거나 스폰을 홍보하는 식의 이익을 취해갔지만 판타스틱 월드에선 굳이 그러지 않아도 된다.

아니, 그러지 말아야 한다. 방송을 보는 시청자들의 문화는 알아서 PJ에게 이득이 되는 것들을 도와주는 형식으로 변했고 PJ들은 그런 성숙한 시청자들을 위해 방송이 아닌 정말 판타스틱 월드 게임 자체에 대한 내용을 순수하게 그대로 송출하는 게 인기의 비결이 되었으니까.

리얼리티.

예능에서 먹히던 게 이제는 게임에도 적용된다. 시청자들의 눈은 높아만 져서 딱 봐도 대본 같은 건 곧바로 커트하고 다른 방송을 찾는다. 완성도가 높다면야 말은 달라지지만 그러기는 쉽지가 않으니까.

어쨌든 켄지는 그런 면에서 시청자들에게 훌륭한 PJ였다. 돈 잘 쓰지, 질질 끌지 않지, 화끈하게 밀어버리지, 일반 유저라면 도전하지 못할 걸 망설이지 않고 실패 생각하지 않고 도전하지.

이번에도 마찬가지였다. 시청자들은 방송을 본 지 4시간도 채 되지 않아 드래곤 헤즐링을 마주할 수 있었다.

정말 이래도 되나 싶을 정도로 빨리 찾았다. 4시간도 환각의 숲 밖에서 내부로 진입하고 헤슬링이 사는 장소까지 도달하기 위한 시간일 뿐이었을 만큼 허무했다.

그건 곧 아무것도 나오지 않았다는 말과도 같다.

긴장이 없다. 하지만 누구도 지루하다 평하는 사람도 없었다. 4시간이라는 시간 동안, 안전하게 만 명 가까이 되는 사람이 이동하면서 피해가 없다시피 해도 보는 이들은 그게 아니니까.

-뭐가 나올 때도 됐는데.
-왜 안 나오지?
-나올 거 같음.

알아서 긴장을 느낀다. 캡슐에 누워서 3D로 시청하는 시청자들은 더더욱 그렇다.

자신이 통제할 수 없는 시선, 주변은 온통 안개가 자욱한 숲, 드래곤 헤슬링 레이드의 시작.

켄지 방송에 대한 극찬이 쏟아졌다. 역대 최고 시청자를 찍은 지는 이미 세 시간도 더 지나 있었다.

그런 상황에서 켄지가 나섰다.

보여줄 때다. 그가 투자한 돈만큼의 판은 한시민이 잘 깔아주었다. 남은 건 그의 몫이다.

만 명을 지휘하게 될 날이 언제쯤일까.

생각하며 입을 뗀다. 그때도 언제가 될지 기약할 수 없지만 먼 미래에 겪어야 할 일이면 지금도 할 수 있다. 하게 만들 것이다.

"1페이즈 공략 시작하겠습니다. 죽창 부대 돌격!"

"와아아아아!"

함성과 함께 어중이떠중이들, 어떻게 숟가락 한번 얹어보겠다고 몰려온 유저들이 망설임 없이 헤츨링을 향해 뛰쳐나갔다.

대륙 최초, 판타스틱 월드 최초의 드래곤 레이드의 시작이었다.

방송을 보던 한시민이 다급하게 외쳤다.

"시작했다!"

"오! 대박."

"가자, 빨리. 미리 가서 준비하고 있어야지."

"그런데 오빠, 진짜 디안이 언니랑 빼액이 데리고 갈 거야?"

"당연한 거 아니야? 빼액이 없으면 거기까지 시간 맞춰서 어떻게 가."

"……그래도 동족인데 뭐랄까 조금 짠할 것 같은데."

"아냐, 안 그럴 거야. 그치?"

성의 없이 대답을 강요하듯 묻는 질문에 카르디안이 담담하게 고개를 끄덕였다.

"내 동족은 오직 블랙 드래곤뿐이다. ……그나마 인정해 준다면 골드 드래곤까지는 되겠군. 하지만 햇병아리 홀리 드래곤 같은 나약하기 그지없는 놈들을 동족으로 생각해 본 적은 단 한 번도 없다."

"빼애액!"

빼액이 역시 한시민의 목에 얼굴을 비비며 고개를 끄덕인다. 그리고 GP를 소모하여 텔레포트 게이트가 연다. 좌표는 드래곤 레이드가 진행되고 있는 곳. 검은 로브를 뒤집어쓴 무리가 동쪽 끝에서 사라졌다.

Episode 56.

배신은 예술이다

일명 죽창 부대. 레이드에서 별 도움이 되지 않을 유저들이 홀리 드래곤 헤츨링이 잠들어 있을 레어를 향해 달려들었다.

그들은 가장 많은 숫자를 차지하고 있지만 동시에 그들에게 주어진 임무는 전체 레이드에 있어 단 10%도 되지 않을 만큼 가볍다.

당연한 말이다. 아무리 헤츨링이라 해도 명색이 드래곤. 기본적으로 레벨이 200이 넘고 마법의 종주인 만큼 위력이 성체보다야 약할 뿐이지 나약한 인간들 따위는 그냥 콧김으로도 죽일 수 있을 만큼 대단한 종족이니까.

굳이 마법을 쓰지 않는다고 해도 육탄전만으로 어지간한 유저들은 제대로 비늘에 칼 한 번 꽂아보지 못한 채 죽어 나갈 것이다.

이런 상황에서 그런 유저들을 어디에다 어떻게 쓰겠는가.

아무리 패턴을 다 알고 있다고 해도 전력 차이가 너무 심하다. 직접적으로 헤슬링에게 대미지를 줄 사람들은 이제 막 100을 달성할까 말까 한 상위 랭커들과 도움을 주러 온 수많은 NPC의 몫이다.

죽창 부대의 역할은 어디까지나 단 1%라도 헤슬링에게 피해를 주는 것, 그리고 뿌리는 것.

"크롸라라라라라!"

"으악!"

"왜 이렇게 세!"

유저들의 피를.

다음 패턴을 위해 그들의 피를 뿌리고 또 뿌린다.

물론 달려 나가는 유저들은 그 사실까지는 모른다.

켄지는 굳이 레이드 일정을 모두에게 공개하지 않았다. 어차피 안다고 어떻게 할 수 있는 것도 아니고 명령을 따르는 입장에서 너무 많이 알아도 생각이 많아진다. 명령만을 따라야 하는 상황에서 생각이 뭐가 필요하겠는가.

덕분에 레이드는 착실하게 진행되었다. 안이 보이지 않는 깜깜한 레어 안으로 수천의 유저와 NPC들이 용감하게 달려든다.

사실 효율의 측면에서 따지고 보면 NPC들은 들여보내지 않는 게 맞다.

  유저들 또한 사망으로 인한 페널티는 게임을 플레이하는 데 있어 치명적으로 작용할 수 있는 부분이지만 한 번 죽으면 끝인 NPC들만 할 리는 없으니까.

  하나 NPC들은 모험가들과의 차이를 알면서도 빼지 않았고 켄지 또한 그들을 굳이 분리하지 않았다.

  어차피 또 하나의 현실이다. 그들은 그들 나름의 삶이 있고 개중엔 모험가들의 삶을 부러워하는 이들도 있지만 또 대부분은 자신의, 대륙민으로서의 삶을 자랑스러워한다.

  그렇게 달려드는 유저들은 처절한 비명과 함께 돌아오지 못했고 시간이 흐른 뒤 사람들을 내던진 보람이 드러났다.

  "크롸라라라라라라!"

  쿵! 쿵!

  육중한 발걸음과 함께 레어 밖으로 귀한 몸을 내보이는 홀리 드래곤 헤츨링.

  역사적인 순간을 이끌어 냈다.

  드래곤을 보는 게 처음은 아니다. 유저든 NPC든.

이미 카르디안이 일전에 한 번 크게 난리를 치며 존재감을 마음껏 드러낸 적이 있으니까.

하지만 직접 그 모습을 본 사람의 수는 그렇게 많지 않다. 대부분 방송을 통해 보거나 영상을 통해 다시 보았을 뿐. 그러니 그 느낌을 지금과 감히 비교할 수 있을 리가 있겠는가.

이를테면 이런 느낌이다.

"TV에서 보던 연예인을 실제로 보는 기분이다."

그 고고한 드래곤이 화를 참지 못하고 감히 건방지게 레어 앞에서 그를 귀찮게 하는 인간들을 향해 무거운 발걸음을 행차하게 한 것에 대한 공포와 위험보다는 신기함이 앞서는 상황이랄까.

그럴 수밖에 없다. 전형적인 판타지 소설 설정에 나오고 영화에서도 익히 보았던 거대한 용. 다른 점이 있다면 홀리 드래곤이라는 이름에 맞게 온 피부가 새하얀 순백이라는 것? 마치 눈이 소복이 쌓인 것만 같다.

물론 그게 눈일 리 없다. 저렇게 새하얗고 피부 속이 다 보일 정도로 고와 연약해 보일지 몰라도 실제로 가까이 다가가는 데 성공한 죽창 부대의 무기들이 하나같이 피부는커녕 비늘에 흠집조차 내지 못하고 이가 다 나가 버리는 모습은 홀리 드래곤에 대한 환상을 깨고 현실에 몰입하게 해주는 훌륭한 효과를 낳았다.

"모두 공격!"

1페이즈. 홀리 드래곤이 모습을 드러내게 하는 데까지는 성공했다. 켄지는 망설이지 않고 총공격 명령을 내렸다. 2차로 대기하고 있던 병력이 투입됐다.

"크롸롸롸롸!"

홀리 드래곤이 포효하며 마력을 마구 분출했다.

"방어 태세!"

본격적인 반격이 시작되는 신호. 켄지가 굳이 외치지 않아도 사람들은 긴장하며 각자 공격을 대비했다. 물론 그것이 부질없는 짓임은 이곳에 모인 수천의 사람이 모두 알고 있다.

우웅-

흩뿌려지는 신성력들. 그리고 터진다.

콰콰콰콰쾅!

그나마 신성력이고 헤플링이 사용한 마법이라 어느 정도 방귀 좀 뀐다는 유저들은 무사할 수 있었다.

대신 흥미로 참여한, 드래곤 레이드에 성공한 유저나 용사라는 타이틀을 따기 위한 어중이떠중이들은 그대로 퇴장했다.

일순 바글거리던 레이드 인원이 확연히 줄었다. 그렇다고 해도 여전히 2천 가까이 되는 병력이 모여 있는 건 대단한 일이었지만 처음과 비교하면 거의 전멸을 향해 달려 나가고 있다고 봐도 무방할 정도.

사실 유저가 대부분인 원정대니까 이런 식으로 운용할 수 있는 것이다.

기약도 없고 성공 가능성 또한 100%라고 확신할 수 없는, 무려 드래곤 레이드에 누가 이런 식으로 무식하게 병력을 쏟아붓겠는가.

한두 번 계획을 짜고 신중하게 도전해도 어려운 일이다.

만약 대륙인들로만 구성되어 있었다면 이번 공격에 모두 혼비백산하고 흩어졌을 것이다.

하지만 켄지는 오히려 웃었다.

이걸 기다렸다. 한순간 기가 팍 죽을 만큼 엄청난 마법이지만, 만약 패턴을 몰랐으면 움츠러들고 수비적으로 대응했을지도 모르지만 이미 카르디안에게, 한시민에게 전해 들어 그는 알고 있었다.

"쿨타임 15분짜리 광역기입니다! 총공격!"

"와아아아아!"

이것이 기회라는 것을.

물론 쉽지는 않다. 드래곤이, 마법의 종주가 무려 15분이나 마법을 쓸 수 없는 광역기를 시전했다. 고작 일회성으로 피해를 입히고 끝날 리가 없다.

일대가 신성력으로 뒤덮이고 그 신성력 속에서 홀리 드래곤은 엄청난 버프를 받았다. 비록 마법은 쓰지 못하지만 그 육중한 몸이 눈에 보이지도 않을 만큼 빠르게 움직였다.

꼬리를 휘두르고 팔다리를 놀린다. 그럴 때마다 수십의 사람이 쓸려 나간다.

기회임과 동시에 위기.

그를 위해 데리고 왔다. 이 패턴을, 마법 대신 압도적인 신체 능력으로 쓸어버리려는 홀리 드래곤의 유일한 약점인 타이밍을 부각시키기 위해.

"제3부대 출격!"

자신감 넘치는 외침과 함께 뒤에서 대기하고 있던 검은 로브의 사람들이 앞으로 나섰다. 그리고 신성력이 넘치는 일대에 흑마력이 비집고 들어오기 시작했다.

내부에서 일어나는 반란. 압도적인 신성력은 몰려오는 흑마력들을 배척했지만 괜히 이걸 위해 판을 짰다는 게 아니라는 걸 보여주기라도 하듯 서서히 세력을 키우던 흑마력들은 쌓여 있는 시체들, 죽창 부대와 더불어 먼저 간 사람들의 피의 힘으로 결국 신성력을 극복해 냈다.

쾅-

또 한 번의 거대한 폭발이 일어났다. 서로 상극인 신성력과 흑마력의 힘이 비등해지는 순간 일어날 수밖에 없는 현상.

그리고 폭발이 끝났을 땐 말도 안 되는 움직임을 보이던 헤츨링의 압도적인 위엄은 사라진 상태였다.

그와 함께 로브를 뒤집어쓴 자들, 흑마력을 발현시킨 흑마법사들의 힘도 다했지만 그거면 충분했다.

0의 상태.

드래곤의 마법을 제한하고 동시에 신체적인 버프마저 막아둔 15분. 홀리 드래곤 헤츨링의 유일한 약점인 그 시간은 골든 타임이 되었으니까.

"전 병력 돌진!"

"와아아아!"

단 한 명도 빠짐없이 드래곤을 향해 달려들었다. 그리고 거기엔, 기운이 빠져 지쳐 주저앉은 검은 로브의 사람 중 일부도 포함되어 있었다.

카르디안은 정확히 이렇게 말했었다.

"홀리 드래곤은 지난 대륙 침공 때 첫 공격을 자신이 쓸 수 있는 최고의 광역 마법을 사용한 뒤 마법의 효과로 이어지는 광역 버프로 수많은 마족을 학살했다. 더러운 신성력을 쓰는 종족인 만큼 신성력이 깔려 있는 절대 결계 내부에선 힘을 제약받는 마족들이 속수무책으로 당할 수밖에 없었지."

"뭐야, 그럼 사기잖아. 찔랭이 유저들이 어떻게 잡아."

"하지만 그 광역 마법은 한 번 사용하고 나면 적어도 7분 이상은 어떠한 마법도 사용하지 못한다. 헤츨링의 경우엔 대략 15분 정도 되겠군."

"……버프가 유지된다며, 인간들이 마법 안 쓰는 드래곤을 잡을 수 있냐."

"그건 확신할 수 없다. 인간이란 원체 나약하니까. 다만 홀리 드래곤이 가장 약해지는 타이밍은 그때다. 홀리 드래곤뿐 아니라 드래곤이라면 모두 마법이 제약당한 상태에선 본래 힘의 20%도 채 내지 못하지. 다만 홀리 드래곤의 경우엔 마법의 비중이 다른 드래곤들보단 낮아 버프를 받을 경우 마법을 쓰지 않을 때와 거의 비슷한 힘을 낼 수 있을 뿐. 난 그것을 깰 방법을 알려줄 뿐이다."

"오, 뭔데?"

"물론, 대륙에 그만한 흑마력을 가진 흑마법사가 있는지에 대해선 역시 확신할 수 없다."

"……."

방법은 제대로 제시했고 한시민은 그대로 옮겨 켄지에게 전달했다. 그 과정에서 누락된 부분은 현재 대륙의 흑마법사들을 모두 합쳐 봐야 헤츨링의 신성력 결계를 깰 만큼의 흑마력이 안 나온다는 것뿐.

당연히 그대로 시행했으면 전멸 각이었다. 하지만 한시민은 그렇게 두지 않았다. 여기서 그냥 다 죽게 만들어도 크게 죄책감을 느낀다거나 환불 같은 건 하지 않아도 되지만, 이건 신용의 문제다. 보다 훗날을 바라보기 위함이기도 하고.

"그럼 네가 해주면 되겠네."

"50점."

"뭐가 50점이야."

"칭찬 포인트."

"……그거 아직도 기억하고 있었냐."

"50점을 채워주면 하겠다."

"좋아, 콜."

어차피 헤를링 레이드엔 참여할 생각이었고 부족한 흑마력은 카르디안이 몰래 채워 넣었다. 덕분에 훌륭히 버프 결계는 깨졌고 전부 환호하며 달려드는 가운데 은근히 스며들었다.

딱히 계획 따위는 없었다. 계획을 가질 필요도 없었다.

"이제부턴 시바, 진짜 아무도 모른다. 목숨 걸고 해야 돼."

계획 따위를 수립할 수가 없었으니까.

카르디안이 말해준 방법은 정확히 여기까지가 전부다.

그 이후의 계획?

가장 약해진 드래곤을 잡는 계획 따위를 드래곤이 뭘 어떻게 더 짜주겠는가.

"그냥 때려잡으면 된다."

짜주긴 짜줬지. 그대로 실천하는 것조차 확률을 가늠하기 힘든 현실이 아쉬울 뿐이지.

"야, 안 도와줄 거야?"

"점수만 주면."

"됐어. 알아서 한다."

망치를 꺼내 든 한시민이 고개를 저으며 뛰쳐나갔다. 그러곤 저 멀리 앞장서 달려 나가는 켄지에게서 최대한 멀리, 반대편으로 향했다.

"들키면 개망하는 거 잊지 말고."

은밀하게, 치밀하게. 켄지를 위해 마련된 드래곤 레이드가 은근슬쩍 합동 레이드로 변질되었다.

2

레이드에 들어가기 전 켄지는 정말 꼼꼼히 확인했었다.

"한시민 없는 거 확인했습니까?"

"네, 길마님. 부대 편성하면서 이미 확인했고 지원받은 흑마법사들 또한 전부 확인했습니다."

"그래도 혹시 모르니 계속 확인하고 또 하세요. 절대로 레이드에 참여하게 해선 안 돼요."

"알겠습니다."

당연한 말이지만 켄지는 한시민을 믿지 않았다.

아니, 그는 사업가로서 세상의 그 누구도 완전히 믿지 않는다. 믿는다면 오로지 가족뿐.

그 가족마저도 비즈니스 파트너로서 대할 때가 온다면 항상 다른 사람들과 다름없이 대하는 건 마찬가지다.

그렇기에 특히 한시민은 그에게 있어 좋은 거래를 하는 훌륭한 비즈니스 파트너임과 동시에 계속해서 견제하고 신경 써야 하는 라이벌이기도 했다.

이런 관계는 현실에서도 찾아보기 힘들다. 서로 도움을 거의 협력 업체인 양 주고받으면서 둘 중 하나가 죽지 않으면 끝나지 않는 전쟁의 동종 업계라니.

물론 그건 어디까지나 켄지만의 생각이었지만 어쨌든 켄지는 한시민을 믿지 않았다.

"정보는 진짜일지 몰라도 배신은 언제든지 할 수 있습니다."

사실 이게 일반적이고 당연한 생각일지도 모른다. 거래하는 동안 어떠한 방해나 배신도 때리지 않겠다고 약조한 것도 아니고 헤슬링이라지만 무려 홀리 드래곤, 드래곤을 잡는 일이다.

손 안 대고 코 풀 방법이 생겼는데 어찌 뒤통수를 칠 생각이 안 들겠는가.

만약 반대의 상황에서 켄지가 한시민의 입장이었다고 해도 그렇게 생각할 것이다. 다만 앞에 나서서 일을 벌이지는 못하겠지.

600억이라는 큰돈을 거래한 켄지와의 체면과 더불어 현재 한시민은 대외적으로 켄지와 완전히 척을 지고 적대적인 관계에 서 있는 자니까.

그렇기에 더 경계해야 한다. 당연히 들키지 않고 어떻게든 어떤 방식으로든 뒤통수를 치려 할 테니까.

차라리 대놓고 한다면 막을 방법이라도 생각할 수 있을 텐데 지금은 일단 레이드에 참여하지 못하게 막는 것에만 집중해야 한다.

해서 레이드가 시작하기 직전까지도 한시민의 방송을 보며 그의 위치를 확인했다.

"레이드가 끝날 때까지는 절대 오지 못할 곳에 있습니다."

"좋습니다. 그래도 혹시 모르니까 끝까지 경계를 놓지 마세요."

"네, 길마님."

켄지는 한시민에게 드래곤이 있다는 사실을 안다.

그 드래곤이 대륙 간 텔레포트까지 쓸 수 있느냐에 대한 건 확신할 수 없지만 그래도 마지막으로 자기 자신에 대한 위안을 위해 꼼꼼하게 끝까지 확인을 마친 뒤 레이드에 들어갔다.

당연한 말이지만 레이드 도중 드래곤 하나 상대하기도 바쁜 상황에서 한시민이 있나 없나를 수천의 사람 가운데 확인할 수 있을 리가 없다.

그냥 믿고 싶을 뿐이다.

이 정도까지 별 수작 없으니 여기서 뒤통수 칠 생각은 아닌가 보구나. 하긴, 이게 가장 중요한 정보의 핵심이자 앞으로 진행될 메인 퀘스트의 정수를 향해 나아갈 방법인데 여기서부터 방해하는 건 도의에 어긋나지.

그렇게 잠시 잊었다. 헤즐링이 가장 약한 시기가 되고 희망이 보였을 땐 아예 머릿속에서 기억조차 나지 않았다.

배신이라고 해봐야 켄지가 생각한 가장 위험한 순간은 흑마법사들이 헤즐링의 버프를 깨는 순간 벌어진다고 생각했었으니까.

한데 너무나도 훌륭하게 수행해 주었고 이어서 남은 흑마력을 짜내 지원까지 해주었다.

켄지는 행복했다. 대륙 최초의 드래곤 슬레이어라는 칭호를.

내가 따는구나.

판타스틱 월드 시스템 특성상 막타를 치는 유저가 모든 것을 독식하는 시스템은 아니지만 그래도 현 원정대를 이끌고 있는 사람은 켄지다.

다른 유저들이 혹은 NPC들이 막타를 쳐 헤츨링이 죽더라도 결국 모든 영광을 가져가는 건 그가 될 것이다.

다른 사람들 또한 많은 공을 세웠지만 만 명이 넘는 원정대를 잘 이끌고 드래곤 레이드에 성공한 유저에 비할 바는 아니니까.

기대감이 듬뿍 묻은 켄지의 레전더리 등급의 검이 더욱 가볍게 휘날렸다.

가진 거라곤 몸뚱이뿐인 홀리 드래곤 헤츨링이 울부짖었다.

"크롸롸롸롸!"

외침에 섞인 울음소리는 애달팠다. 죽음을 앞둔 외로운 생명체의 한이랄까.

"아, 짠하다."

"드래곤도 생명체긴 생명체구나."

"덩치는 산만 한 게 우리 집 초코 생각나게 하네."

"불쌍해."

자연스럽게 그런 울음을 듣는 사람들은 가슴이 짠해질 수밖에 없었다.

아무리 목숨을 건 전투라고 해도 원래 다 그런 것이다. 현실에 익숙한 사람이 아니라 판타스틱 월드에 적응한 사람이라면 누구나.

누구나 저 자리에서 내가 죽을 수 있다는 이입이 쉽다. 반대로 드래곤에 깔려 죽어갈 나를 생각해 보면 적이라도 짠해지는 건 어쩔 수 없다.

하지만 딱 거기까지다.

"그래도 잘 죽어라. 내가 죽는 것보다는 낫지."

"이거 잡으면 보상으로 몇 골드나 줄까? 오늘부터 한 세 달은 치킨만 먹고 싶은데."

"몰래 비늘 몇 개라도 뜯어가고 싶다."

어찌 됐든 사람들은 자신의 행복이 최우선이다. 남의 불행은 분명 안타깝고 안쓰러운 일이지만 그 불행이 자신의 행복에 조금이라도 연관이 된다면 그것을 행하는 데 있어 일말의 망설임도 가지지 않는다.

하물며 여기는 게임이 아니던가.

NPC들의 경우엔 자신이 살기 위해, 유저들은 보상을 위해 안쓰러워하면서도 검을 무자비하게 휘둘렀다.

시간이 흐르며 피해가 쌓여갔지만 점차 헤츨링은 기운이 빠지는 게 눈에 보일 정도로 움직임이 둔해졌다.

골든 타임 15분.

그 시간에 모든 전력을 쏟아부은 사람들의 노력과 희생 덕분에 성공 각이 보일 때, 그리고 헤츨링이 드디어 육중한 몸을 바닥에 뉘었을 때.

승리의 기쁨을 이제는 슬슬 맛봐도 되겠다는 행복한 생각을 하던 켄지의 눈에 기적적으로 로브를 뒤집어쓴 한 무리가 들어왔다.

"어?"

뭐지?

분명 이상할 건 없는 상황이다. 이곳에 모인 흑마법사의 수만 50 가까이 되니까.

하나 뭐랄까. 저 사람들은 흑마법사라고 보기엔 뭔가 이상했다.

흑마법사들이 언제부터 저렇게 근접해서 드래곤과 용감하게 맞서 싸울 힘을 길렀지?

워낙 많은 사람이 뒤섞인 상황이라 정확히 보지는 못했지만 왜 저런 특이한 무리를 진작 발견하지 못했을까.

하나 의문은 길게 가지 못했다.

"크롸롸롸롸!"

헤츨링의 마지막 발악. 뒤트는 몸과 함께 흔드는 꼬리를 피하는 사이 시야에서 그들은 사라졌으니까.

뭔가 불길하다.

뭘까, 헤츨링 레이드는 성공적으로 끝이 나지만 이 찝찝한 기분은.

마치 밥상을 차리고 이제 막 먹으려 하는데 잠시 배가 아파

화장실을 다녀온 사이 믿었던 룸메이트가 어느새 식탁에 앉아 맛있는 반찬만 쏙 빼먹고 있을 것만 같은 기분이랄까.

"혹시 여기 시민이……."

그리고 그 룸메이트가 가면을 썼지만 왠지 내가 아는 그 룸메이트일 것만 같다.

아니, 같다가 아니다. 룸메이트라면 한 명밖에 없지 않은가.

서둘러 이 불길함을 지우려 하는 순간.

"크르르르."

헤츨링의 마지막 발악이 끝나고 숨을 거뒀다. 살아남은 수많은 유저에게서 빛이 번쩍였다.

승리의 증거, 결과물, 보상. 유저에겐 가장 행복한 빛의 순간.

체력이 회복되고 마력이 회복된다. 캐릭터가 강해지고 게임의 절대 목표인 레벨이 오른다.

"와아아아아!"

그와 함께 함성이 전장을 뒤덮었다. 비록 만 명이 넘는 사람 중 2천도 안 되는 숫자밖에 살아남지 못했지만.

대부분은 부활할 것이고 그보다는 헤츨링이지만 드래곤을 레이드했다는 기쁨, 이제 이걸 바탕으로 천왕을 구해내고 대륙을 마왕의 손에서 지켜낼 수 있다는 행복과 뿌듯함이 온몸을 뒤덮었다.

그 열기에 켄지도 찝찝함을 잊고 두 손을 하늘 위로 내뻗었다. 원정대장으로서 역할은 마지막까지 잘해내야 한다.

"우리는 승리했습니다! 하지만 이 승리는 끝이 아닙니다! 지금부터가 시작입니다! 해서 긴장을 풀지 않겠습니다. 우린 많은 악의 무리에게 노출되어 있습니다. 현 시간부로, 드래곤 사체에 접근하는 그 어떤 무리 혹은 개인도 허용치 않겠습니다. 혹 명령을 어기고 접근하는 자가 있다면 마왕의 사주를 받은 흑마법사로 간주하고 즉결 처단하겠습니다!"

물론 그냥 그 찝찝함을 넘길 순 없다. 그냥저냥 괜찮겠지 막연하게 생각하고 넘기기엔 지금 걸린 것이 너무나도 많다.

돈은 썩어 넘치는 켄지조차도 600억이라는 금액, 그것도 현찰이 아니라 부동산 가치로 충분히 그 이상의 가치를 가질 것들은 의미 있는 돈이다.

그걸 사업가가 그냥 날렸다고 생각한다 치더라도 이 퀘스트만큼은 절대 놓칠 수 없다.

'막말로 뒤통수친다고 생각하고 행동해야 해.'

재빠르게 켄지의 길드와 병사들이 죽은 헤츨링 주변을 경계했다. 가까이서 어떻게든 조금이나마 비늘 하나라도 꿍쳐 두려던 유저들과 NPC들은 아쉬움을 삼켰지만 섣불리 행동하는 이는 없었다. 말마따나 함부로 행동했다가 방해하려는 자로 낙인찍히면 남아 있는 사람들에게 무사할 수 없을 테니까.

흥분이 가라앉고 평화가 찾아왔다. 헤슬링 주변엔 켄지가 믿는 사람들로만 경계를 세웠다. 그리고 수색을 시작했다. 하지만 수색 끝에 켄지의 걱정이었던 한시민은 발견되지 않았다.

혹은 그와 연관된 어떠한 사람, 스페셜리스트라든가 그의 펫들 또한 발견되지 않았다. 로브를 뒤집어쓴 흑마법사들도 수색을 끝냈지만 역시 이상한 점은 없었다.

"……."

잘못 본 건 절대 아니다. 한데 더 이상 수색을 지속할 수도 없었다. 어쨌든 없는 거니까. 여기서 더 끄는 건 승리의 정점을 마무리하는 데 있어 아주 좋지 못한 선택이다.

원정대장으로서의 명예든, 방송인으로서의 컨텐츠든.

"승리했습니다!"

"와아아아아!"

승리의 기쁨은 오랫동안 지속됐다. 그동안 누구도 드래곤 헤슬링의 사체에 대해선 신경 쓰지 않았다.

아니, 쓸 필요가 없었다. 적어도 겉에서 보기엔 멀쩡했으니까. 많은 대미지를 입어 죽은 드래곤이지만 여전히 비늘은 단단했고 피마저 돈이 되는 드래곤의 혈흔들은 그 사체가 얼마나 비싼지에 대해 자랑하는 것으로밖에 보이지 않았으니.

"그대로 옮겨 가겠습니다! 이걸 증거로 황제 폐하와 교황님의 마음을 돌리고 마왕을 쫓아내겠습니다!"

"와아아아!"

거대한 홀리 드래곤의 사체가 조심스럽게 운반되기 시작했다.

빼액이의 마법과 함께 다시금 텔레포트 한 스페셜리스트가 숨을 몰아쉬었다.

"휴, 들키는 줄 알았네."

안도의 한숨, 그리고 깨알같이 오른 레벨이 만족하는 미소, 동시에 드는 걱정.

"괜찮겠지?"

"아마……."

정설아 역시 마찬가지였다. 한시민과 함께하는 나날은 스펙터클 하기 그지없지만 특히 이번엔 더 긴장됐다.

드래곤을 몰래 레이드하며 경험치를 빼먹은 게 긴장되는 게 아니다. 현재 한시민이 없는 이유, 한시민과 카르디안만 이 자리에 없는 이유. 그게 걱정이 되었다.

"무사히 빼 와야 할 텐데."

하지만 믿었다. 해낼 것이다. 적어도 이런 방면에서 한시민이 실패한다는 건 말도 안 되는 일이니까.

어둡고 습한 동굴을 걷는 것만 같다.

"참나, 살다 살다 이제 남의 몸속까지 들어오게 될 줄이야. 시민아, 인생 왜 이렇게 힘들게 사냐. 에휴, 하긴 먹고사는 게 다 이렇게 힘든 거지. 어쩌겠냐. 입에 풀칠이라도 하고 살려면 시체도 닦아야 하는 마당에 이렇게 공짜로 돈을 벌 기회가 생기면 불평불만 하지 말고 가야지."

그런 어둠 속에서 한시민의 투덜거림은 끊이지 않았다. 거의 10분 넘게 1초도 쉬지 않는 투덜이지만 누구도 그의 불평에 대꾸하거나 시끄럽다고 토로하지 않았다.

혼자라서가 아니다.

"야, 디안아. 왜 말이 없냐."

"말동무를 바라고 데리고 올 거였으면 빼액이를 데리고 왔어야 했다."

"50점까지 채워줬잖아. 그 정도 서비스도 안 돼?"

"여기 따라오는 것 자체가 과한 보답이다."

"……매정한 놈, 아니, 년."

"인간 여성에겐 상당한 불쾌감을 줄 수 있는 단어일 텐데."

"그래서 뭐! 뭐! 고소해! 인마!"

대화가 통하지 않는 상대와 있어서다. 카르디안, 블랙 드래곤. 위트라고는 눈곱만큼도 없을뿐더러 재미도 없고 감동도 없다. 필요 이상의 대화는 하지도 않고 그나마 지금 많이 친해졌기에 이런 가벼운 농담도 주고받는 것이다.

한숨이 절로 나오는 상황.

물론 대화를 나눌 필요는 없다. 굳이 드래곤의 몸속에 기어들어 온 이유가 아늑하고 안락하고 어두운 공간에서 카르디안과 분위기나 잡기 위함이 아니니까.

그럴 거였으면 그에게 구애의 손길을 내뻗는 수많은 여자의 손을 잡았겠지.

단둘이 있을 때 가장 재미가 없을 카르디안을 데리고 온 이유는 하나다.

"진짜 여기가 위험하다고? 죽었는데도?"

"죽었으니 더 위험하다."

"왜?"

"마력은 드래곤이 태어날 때부터 갖고 지배하고 교감하는 자연의 일부. 수백 년을 함께한 주인이 죽었다. 마력들은 생각을 하는 생명체가 아니지만 주인의 감정과 교감하여 변화를 일으키지. 그래서 위험한 것이다. 죽기 전 홀리 드래곤 헤즐링의 감정, 그것이 무엇이었을지 모르지는 않을 테니까."

"……그래서 너랑 같이 왔잖아. 잘 지켜줘."

"나조차도 확신할 수 없다. 제약이 걸린 상황에서 내부의 마력 폭주가 일어난다면……."

"야, 이 씨. 재수 없는 소리 하지도 마. 죽는 한이 있어도 하트는 가지고 가야 하니까."

"……."

"실패하면 너랑 계약이고 뭐고 그냥 네 엄마 하트 가져다 바칠 테니까 대충 한다는 생각은 꿈에도 하지 말고."

"……."

안전을 위해서.

언제나 쉬운 일은 없다. 그래서 뒤통수를 치는 데도 그것도 아주 한 방에 고꾸라뜨려 숨을 못 쉴 정도의 뒤통수를 칠 땐 더 많은 노력이 필요한 법이다.

"괜히 이상한 말은 해가지고. 아직까지 아무 일 없는 거 보면 별일 일어나지도 않을 거 같구만."

"마력 폭주는 드래곤이 숨을 거두고……."

"야, 닥쳐. 됐어. 듣고 싶지 않아."

한시민의 발걸음이 한층 빨라졌다.

카르디안은 분명히 말했었다. 어디까지나 그럴 확률이 있는 것이고 최악의 상황이 벌어질 확률은 채 20%도 되지 않는다고.

하지만 목숨을 걸어야 하고 동시에 여기까지 온 가장 중요한 이유를 달성하지 못한 채 돌아갈 수도 있는 상황이다.

그렇게 생각하면 20%는 결코 낮은 숫자가 아니다. 게다가 마력 폭주가 일어나는 원인을 들어보면 단순히 20%에서 끝날 것 같지가 않다.

대충 생각해 봐도 마력들이 주인에게 정을 붙이고 100년 이상 함께했다면 그 주인을 죽인 인간들에게 주인의 사체가 끌려가는 걸 가만히 보고만 있을까.

정말 조금이라도 생각이 있다면 폭주를 할 것이다.

그나마 다행인 점이라면 마력은 생각을 하지 못하는 것이겠지. 그렇기에 카르디안은 확률을 20%로 잡았고.

어쨌든 그럼에도 불안함은 가시지 않았다.

빨리 하트를 가지고 이 자리를 뜨고 싶다.

'미안하지만 뭐, 크게 방해한 건 아니니까.'

굳이 이런 위험을 감수한 것도 사실 다 켄지와의 신뢰를 위해서다. 원한다면 대놓고 뺴액이를 통해 골드를 퍼부어 가며 방해할 수도 있었다.

헤슬링이 죽고 난 뒤에 해도 상관이 없고 죽어가는 와중에 해도 엄청난 피해를 입힐 수 있었을 것이다.

물론 원정대 자체를 이길 방법 따위야 없었겠지만 재를 뿌리고 민심을 바닥을 치게 하는 것쯤이야 가능했겠지. 동시에 한시민의 평판 또한 바닥을 치겠지만 한시민이 그런 걸 따지는 성격도 아니고.

하지만 그러지 않았다. 그러지 않고 오히려 도움까지 주며 깔끔하게 헤츨링의 사체와 드래곤 슬레이어의 명성까지 포기할 생각이었다.

가져가려는 건 단 하나, 드래곤 하트.

'이 정도면 개혜자야. 나 같은 비즈니스 파트너가 어디 있어.'

만약 마력 폭주가 시작되어 사체가 훼손되면 켄지가 가져갈 수 있는 건 드래곤 슬레이어의 명예뿐이겠지만 그거야 신경 쓸 바가 아니었고 드래곤 사체의 정수는 드래곤 하트라는 것, 사체의 가치 80% 이상이 하트에서 나온다는 것 또한 개의치 않았다.

어차피 카르디안의 도움이 없었으면 절대 성공하지 못했을 레이드다. 그리고 카르디안의 도움은 한시민의 칭찬 포인트에서 나왔고. 그러니 삼단논법으로 결국 이 모든 공은 한시민의 것이다.

"하트는 그래서 내 거지."

아주 훌륭한 결론.

다행히 그런 뻔뻔한 생각을 가진 도둑놈의 발칙한 방문에도 불구하고 마력들은 그가 심장에 도달할 때까지 아무런 움직임도 보이지 않았다.

"조금 밍밍한데?"

영상을 촬영하고 있는 한시민으로서는 다행인 부분이면서
도 동시에 시원섭섭한 느낌.

뭐랄까, 이제 스트리머로서의 자세가 갖춰졌다고 해야 할
까.

어느 정도 현실감 넘치는 상황을 좋아하지만 그런 자연스러
운 상황 속에서도 사람들이 좋아할 만한 뻔한 스토리텔링 정
도는 추가되면 좋겠다는 생각이 문득문득 든다.

그렇다고 진짜 그렇게 위기가 찾아와 모험을 하는 진행 따
위는 전혀 반기지 않는다.

좋은 게 좋은 거다. 특히 이건 영상 따위에서 벌 수익보다
훨씬 더 미래를 보고 더 큰 가치를 얻을 수 있는 과정이다.

"자, 잘라."

"……."

드래곤 헤츨링은 죽었지만 여전히 격렬하게 마력에 둘러싸
여 뛰고 있는 하트. 그걸 보며 한시민은 맡겨놓은 양 카르디안
에게 턱짓했다.

카르디안을 데리고 온 가장 큰 이유는 하트를 조금의 손상
도 일으키지 않고 가져가기 위해서였다.

카르디안이 군소리 않고 앞으로 나섰다.

황제는 인상을 찌푸리고 있었다. 절대 남의 말에 휘둘리는 성격이 아닌, 자신의 의지를 한번 굳히면 말을 번복하지 않는 철혈제지만 지금의 경우엔 그런 상황과 조금 다르기 때문.

"홀리 드래곤 헤슬링을 레이드하고 있다?"

"예, 폐하. 성공했다고 합니다."

"흐음."

"헤슬링의 드래곤 하트로 갇혀 있는 마왕이 천왕임을 증명해 보이겠노라 확언하고 떠났습니다."

"누구의 말이 맞다 생각하는가."

"폐하의 뜻에 따르겠습니다."

황제와 이야기를 하고 있는 제국 최고의 지략가가 고개를 숙였다.

원래 그는 황제에게, 철혈제에게 두려워 않고 충언하는 충신이다. 하지만 지금만큼은 그러지 않았다. 자신의 생각을 관철시키지 않았다.

"확신할 수 없는 것인가."

"증명을 해야 할 순간은 분명 올 것이옵니다."

개인적으로 생각은 하고 있을지도 모른다. 아니, 하고 있을 것이다.

당연하다. 무려 마왕과 천왕이다. 겉모습과 더불어 힘을 잃은 모습은 저들이 정말 마왕과 천왕이 맞나 의심이 될 정도로 나약하기 그지없지만 분명 상황은 그렇게 말해주고 있었다.

대륙 최초, 어쩌면 역사서에 길이길이 남을 역사의 한순간에서 어찌 오만가지 생각을 하지 않았겠는가.

지략가가 나름의 정보들과 똑똑한 머리를 굴려 자신의 결론은 냈다. 하지만 그가 제국 최고의 지력가인 이유는 상황에 따라 자신의 의견을 냉철하게 버릴 수 있기 때문이다.

오로지 전쟁의 승리만을 계획한다. 황제의 승리만을 생각한다.

그런 의미에서 가장 확실하고 정확하게 진실을 파악하는 방법은 마왕과 천왕 중 하나라도 힘을 조금이나마 찾아 자신을 증명하는 것이다.

"방법은?"

황제 역시 알기에 물었다. 그는 사실 어느 정도 천왕이 억울하게 마왕으로 잡혀 감옥에 들어갔다는 모험가들의 말에 조금이나마 비중을 두고 있다.

황녀의 확신을 믿지만, 믿기에 그녀에게 맡겼지만 개인적인 의견은 그렇다.

그건 황제로서의 판단이다. 황제로서 지금까지 한시민을 지켜보며 내린 결론. 그놈이라면 충분히 모험가들의 말대로 누명을 씌울 수 있다. 그러고도 남을 놈이다.

어쩌면 마계에서 그의 진면목을 마음껏 뽐내며 마왕의 마음에 들었을 수도 있지.

정말 말도 안 되는 말이지만 한시민이기에 가능한 일일지도 모른다.

피식.

그래서 웃음이 났다. 이렇게 심각한 상황 속에서도.

따지고 보면 심각하지만 동시에 행운이 따르는 것일 수도 있다.

천왕과 마왕. 둘 중 하나라도 대륙에 강림하는 순간 대륙의 평화가 깨지는 것이 확실시되는 존재들이 모두 넘어왔음에도, 심지어 누가 천왕인지 마왕인지 확인조차 불가능한 상황에서도 그들의 힘은 일반 인간과 다를 게 없어 인간의 손에 관리되고 있는 실정이니까.

어쩌면 대륙 최초로 황제의 이름으로 마왕을 죽여 쫓아낸 자가 될 수도 있다.

"방법을 찾아보라."

"예, 폐하."

그건 상당히 끌리는 유혹이었다. 해서 힘들겠지만 황제는 방법을 찾아보라 명했다.

전권을 황녀에게 맡겼지만 이 정도 도움은 아비로서, 황제로서 당연한 것이다.

그의 생각 또한 조금도 반영되지 않을 것이다. 공정하게 가려내고 동시에 나오는 결과는 황녀가 일체의 사심도 섞지 않고 판단하리라.

거기까지 얼마나 많은 시간이 걸리느냐의 싸움이겠지만.

"폐하."

그리고 그 시간은 생각보다 빠르게 단축되었다. 텔레포트로 곧장 날아온 한시민에 의해.

검은 로브를 뒤집어쓴 채 카르디안과 함께 황제가 있는 집무실에 들어오는 한시민. 그가 곧장 황제에게 다가갔다.

"지금 반역자들이 홀리 드래곤 헤츨링을 잡고 있다는 건 들으셨죠?"

"그래, 들었지."

황제는 여전히 아니꼬운 표정으로 고개를 끄덕였다. 무엇을 해도 한시민은 별로 마음에 들지 않는 놈이지 않은가.

"그놈들이 헤츨링의 하트로 마왕의 제약을 풀고 그것을 증명하려 합니다."

"그래? 어떻게 알았지?"

"어떻게 알긴요. 제가 거기 갔다 오는 길이니까요."

"직접 말하지는 않았을 텐데."

"봤어요. 거기 있던 흑마법사들을."

"……."

예전부터 그랬지만 황제는 한시민의 말을 전부 믿지 않는다. 한시민 또한 완전히 믿어주길 바라고 온 게 아니다.

"폐하도 궁금하시겠죠. 전 막을 생각도 없었고 믿어주길 바라지도 않았습니다. 제가 여기 온 건 저 또한 확신을 드리기 위해서입니다. 이거, 제가 가져왔으니 제 말 한번 들어보시죠."

당당하게, 신뢰를 바랄 땐 언제나 진실을 3할 이상.

흔들림 없는 말투와 품에서 꺼내는 드래곤 하트. 헤츨링의 싱싱한 하트가 황제의 눈앞에 모습을 드러냈다.

4

언젠가는 벌어질 일이다. 이 게임이 제작자가 그냥 할 짓 없어서 집에서 빈둥거리다 대충대충 만든 게임이 아니고 최첨단 인공지능이 몇 년에 걸쳐 만든 또 하나의 세상인 걸 감안해 본다면.

각 NPC들이 살아 숨 쉬고 생각을 하고 행동을 하며 시간이 흐르면서 많은 걸 배워 나가고 또 깨우치고 변해가고. 그런 사람들이 살아가는 세상이다.

그냥 한 사람의, 그것도 기껏해야 26년 산 반백수의 머리에서 나온 일시적인 잔머리 따위가 평생 통할 리가 없다는 것쯤이야 당사자인 한시민 또한 잘 알고 있었다.

해서 미루고 미뤘었다. 최대한 많이.

하지만 그게 한계에 달했다. 더 오래 버틸 수도 있었지만 이렇게 될 줄 몰랐던 한시민의 방송 송출로 인해 시기가 당겨졌으니 그건 자기가 책임져야지 어쩌겠나.

가만히 앉아만 있으면 결국 당하게 될 것이다. 사이비라 몰아붙이고 죽어라 제국군을 움직여 왕국들을 치고 있지만 죽음 따위 두려워 않는 유저들과 그런 유저들을 앞세워 지금껏 제국에 눌려 있던 분을 풀려는 왕국들의 야망은 결국 천왕과 마왕의 진위쯤은 핑계 삼아 제국을 향하는 검을 뽑기에 충분했으니까.

한시민이야 왕국들이 힘을 합쳐 제국을 치든 켄지가 대륙을 먹든 신경 쓰지 않는다. 어차피 제 할 일을 하며 나아가다 보면 결국 대륙은 그의 것이 되리라 믿어 의심치 않았다.

다만 걱정되는 건 그 과정에서 왕국과 켄지에겐 명분으로 삼아질 천왕과 마왕의 사실 여부 확인에서 벌어질 일들이다.

한시민은 거짓말했음이 드러날 것이고 제국은 한시민과 한통속이라는 내용과 함께 지금껏 쌓아왔던 제국의 위대함을 잃을 것이다.

온 대륙에서 반란이 일어날 것이고 마족과 한통속이었다는 내용은 신전마저도 결국 등을 돌리게 만들 일이 되겠지.

어쩔 수 없다. 그 과정에서 한시민은 그가 이뤄놓은 영지와 황제의 신임을 잃게 된다.

뭐, 맨손으로 시작해 현실에서 이제 더 이상 벌지 않아도 될 정도로 벌어놓았기에 그렇게 모든 걸 잃고 나서 한강 수온이나 알아보러 갈 일밖에 남지 않은 건 아니지만 그래도 사람이라는 게 어찌 자신이 힘겹게 이뤄놓은 것들을 쉽게 잃고 싶겠는가.

지켜야 한다.

그래서 움직였다.

켄지와 말뿐인 신뢰지만 신뢰를 약속하고 먼저 뒤통수를 냉큼 후려친 이유가 이것이다.

물론 다른 방식으로 이걸 이용할 수도 있었다. 한시민은 위험을 무릅쓰고 홀리 드래곤 헤슬링의 하트를 빼돌렸고 그것을 성공한 이상 공짜로 얻어낸 드래곤 하트를 쓸 곳은 무궁무진했으니까.

하지만 다른 것들보다 지금의 스토리를 우선시했다.

"스토리가 중간에 샛길로 새면 안 되지."

철학은 확고했다. 비록 한시민의 인생은 소설로 비유하자면 강화사로 시작해 중간쯤부터 강화는 개뿔 나오지도 않고 매사기나 치고 테이밍이나 하며 돈에 눈이 멀어 별짓을 다 하는 막장 인생으로 빠지게 되었지만 그건 알고 있다고 해도 바꿀 수 없는 인생의 절대 진리고 이건 그 진리를 위한 일이다.

샛길로 빠지면 안 된다. 더 많은 이득을 볼 수 있더라도 판타스틱 월드라는 3천만 유저가 플레이하고 그보다 많은 수의 NPC가 존재하는 세상에서 이름 석 자 날리는 한시민의 포트폴리오에 오점을 남기지 않고 확실한 기록을 남기기 위해.

"폐하는 제가 거짓말을 하고 있을 수도 생각하고 계시죠? 그래서 준비했습니다. 말로만이 아니라 직접 증명해 보이겠습니다."

"……."

"천왕한테 이걸 주고 제약을 조금이나마 풀어준 뒤 증명해 보이겠습니다. 어때요?"

"……."

딱 여기까지다. 한시민이 준비한 뒤통수는.

켄지에게 홀리 드래곤 헤츨링이 있는 곳과 레이드할 수 있는 조건을 말해주고 그 이후에 그것을 이용해 어떻게 천왕을 구출해 낼 수 있는지에 대한 약간의 서비스 같은 언질까지.

그 마지막 언질을 몰래 빼먹었다.

원래는 켄지가 홀리 드래곤 헤츨링의 하트를 가지고 미리 입을 맞춰놓은 사제들을 뚫고 대신전 지하 감옥에 침투해 천왕에게 하트를 준 뒤 신성력을 증명할 수 있을 정도의 제약만 풀고 퀘스트를 완료한 뒤 메인 퀘스트까지 매끄럽게 이어지는 그림이 펼쳐졌을 것이다.

하나 한시민이 뒤통수를 친 이상 헤즐링의 하트를 먹는 건 천왕이 아니라 마왕, 에피아가 되리라.

그렇게 될 수밖에 없다. 설령 황제가 켄지의 말을, 모험가들의 말을 더 신뢰한다고 해도.

"그렇게 하라."

적어도 증명되기 전까지는 믿을 수밖에 없으니까. 지금까지 이어져 온 상황을 생각해서라도.

황제는 황녀에게 전권을 위임했고 황녀는 에피아를 천왕이라 믿고 마왕이라 오해한 천왕을 지하 감옥에 가뒀다.

여기서 한시민의 말을 거부하기 위해선 그가 내세운 주장인 에피아가 천왕이라는 사실이 거짓일 가능성을 제시해야 하는데 그렇게 된다면 황녀가 적어도 지금은 인정한 천왕이 마왕일 수도 있다는 의심을 하고 있다는 뜻이며 동시에 그건 내부 분열로 이어진다.

지금까지 천왕을 마왕으로 생각해 가두고 마왕을 천왕의 자리에 앉혀 대신전의 가장 성스러운 장소에서 머무르게 했다는 걸 인정한다?

분열이고 뭐고 거기서부터 말도 안 된다. 황제는 둘째 치고 대신전에서 인정할 리가 없다.

그렇기에 가능한 일이다. 선수를 쳤기에.

만약 정말 켄지가 그대로 헤즐링을 들고 와 하트를 꺼내 반대로 말했다면 그것들을 부정하면서 켄지의 말을 따랐을지도 모른다.

대륙에서 정말 역사에 이름을 남긴 영웅들만 가능했다던, 다섯 영웅조차 힘을 합쳐 잡았던 드래곤을 레이드해 낸 영웅의 반열에 오른 자의 말이니까.

어찌 됐든 결과는 중요하지 않다.

황제는 고개를 끄덕였고 한시민은 만족하며 하트를 챙겼다.

카르디안에게는 농담식으로 열심히 일하라며 던진 말이었지만 사실 그는 진심으로 헤를링의 하트를 구하지 못했으면 그가 담보로 가지고 있는 카르디안 모체의 하트라도 사용할 생각이었다.

계약이야 깨지겠지만 뭐, 죽어도 살아나는 부질없는 목숨이 아깝겠는가.

당장 이 모든 일을 들키면 황녀, 그리고 넉넉잡아 황제까지는 이해해 준다고 해도 대륙의 모든 NPC는 그를 죽이겠다고 달려들 텐데.

황제의 집무실을 나서며 고개를 흔들었다.

이제부터가 진짜다. 큰 그림의 마지막 점을 찍는 단계. 왼손으로 후려친 뒤통수를 남은 오른손으로 후려칠 차례.

켄지가 도착했을 때, 엄청난 환호가 쏟아졌다.

드래곤 레이드!

얼마나 가슴 설레는 단어인가.

불과 수백 년 전만 해도 드래곤은 사람들에게 신비한 존재였다. 신비함과 동시에 숭고하고 의지하는, 거의 신과 같기도 했다.

오죽하면 신물이라 불렀겠는가.

신까지는 아니고 신이 키우는 애완동물쯤으로 쳐 줬었다.

신께는 기도하면서 어딘가 살 드래곤에게는 언젠가 꼭 주겠다며 드래곤이 좋아할 먹이를 구하러 다니는 사람마저 있을 정도였다.

하나 그것도 수백 년 전 변절한 드래곤이 인간 세상을 쓸어버린 탓에 인식이 변했다.

구체적으로 카르디안, 그녀 덕분에 인간들은 드래곤을 두려움의 대상으로 생각하기 시작했다.

불을 쏘고 인간들을 짓밟고 죽이고 잡아먹고.

물론 그런 드래곤만 있던 게 아니라 다섯 영웅에게 테이밍 되었던 드래곤도 있었고 인간들의 편에 서서 마족들과 변절한 동족들을 막으려던 드래곤도 있었다.

그러나 원래 사람은 안 좋았던 기억만 되새기는 법.

매번 착한 짓만 하던 1의 무리는 언제나 좋다고 생각하지만 그 1의 무리에서 몇몇이 자신에게 해코지를 했던 기억이 생기면 1은 잠재적으로 그런 나쁜 본능이 잠재되어 있다고 믿게 된다.

해서 공포의 대상이었다. 기회가 된다면 싹을 뽑아버려야 한다고 술을 마시면 이야기가 나올 정도였다.

그런 드래곤을 잡았다. 새끼지만 동정은 없었다.

켄지는 칭송받았고 환호받으며 황성까지 걸어갈 수 있었다.

그야말로 성공한 삶.

황성에 들어서서도 수많은 기사의 정렬된 인사를 받았다.

그들은 맹목적인 환호는 아니었다.

존경.

검을 다룰 줄 아는 자로서, 드래곤과 맞서는 것이 얼마나 큰 용기인지 알기에 보내는 감탄.

그리고 그 끝에는 황제가 기다리고 있었다.

친히!

먼저 나와 기다리는 경우는 정말 대륙의 영웅이 아니고서야 있을 수 없는 일.

도착한 켄지가 황제가 보이는 자리에서 무릎을 꿇고 고개를 조아렸다.

말이 필요 없었다. 켄지의 뒤엔 거대한 헤즐링의 사체가 함께 도착했으니까.

"수고했다."

황제가 덤덤하게 한마디 내던졌다. 지금의 상황과 수많은 사람의 환호를 생각하면 그냥 해야 해서 하는 말이 아닐까 싶은 정도의 담담함.

하지만 누구도 그렇게 생각하지 않았다. 황제는 누구에게도 이렇게 쉽게 칭찬하지 않는다.

켄지가 다시 한번 고개를 숙였다. 그리고 입을 열었다. 황제에게 내뱉을 말이 있었다.

정중하지만 당당하게, 내뱉으면 된다.

드래곤을 레이드한 드래곤 슬레이어로서 이 정도 말은 할수 있다. 화를 내고 반역에 가담했다는 의혹으로 쳐 내도 그나름대로 괜찮은 전개다. 황제마저 그런다면 정말 황제가 미쳤다는 소문을 내며 본격적으로 움직일 수 있으니까.

어느 쪽이든 레이드에 성공하는 순간 그에겐 유리한 쪽으로 흘러갈 수밖에 없었다.

어쨌든 대신전의 지하 감옥에 갇힌 천왕에게 하트를 전해주는 건 성공한다.

그런 확신은 그의 말이 내뱉어지기 직전에 생각지도 못하게 막혔다.

"그대가 요즘 천왕의 진위에 대해 떠들고 다닌다는 사이비 종교의 수장이라지."

"……!"

말을 내뱉기 전, 교묘하게 치고 들어오는 중후한 목소리. 당연히 켄지는 내뱉으려던 말을 내뱉지 못했다.

그냥 동네 어른도 아니고 황제다.

그의 말을 끊는다?

드래곤이 아니라 드래곤 사촌 할아버지를 잡아온 영웅이라도 참수다.

"반역은 절대 용서할 수 없지만 짐은 진위에 대해선 확인할 필요성이 있다고 느꼈다."

"……!"

예상치도 못했던 상황.

어떻게 대처해야 하나 빠르게 머리를 굴리고 있던 켄지가 저도 모르게 고개를 들었다.

뭐지?

이 또한 생각지도 못했던 대답이다.

이 말을 이끌어 내고자 입을 열려고 했는데.

의아해하는 그에게 황제가 미소를 지었다. 쉽게 볼 수 없는 미소다. 자애롭지만 폭풍 같은 폭군의 미소, 아군에게 보이는 미소. 비록 모험가지만 대륙에서 살아가기에 충분한 자질을 증명한 영웅에게 보이는 미소.

"짐은 강자를 아낀다. 그대는 사이비 종교와 연루된 모험가지만 그것이 억울한 누명이라는 것을 증명할 기회를 주지."

"……!"

"이는 그대가 노력한 것에 대한 보상이다."

"감사합니다, 폐하!"

뭔지는 모르지만, 왜 갑자기 저러나 이해가 되지 않았지만 일단 감사를 올렸다.

뭐든 좋은 건 분명했다. 하나 뒤이어지는 황제의 말은 이게 정말 좋은 것인지 처음으로 켄지로 하여금 의구심을 품게 했다.

"미리 헤슬링의 하트를 보내 증명하겠노라 의지를 보인 것에 대한 보답이다."

"……?"

제가요? 언제요?

"천왕을 모셔와라."

"……!"

거기서 켄지의 생각은 멈췄다.

5

켄지의 원래 계획은 적어도 이건 아니었다.

아니, 백번 양보해서 그래, 원래 세상은 요지경이고 아무리 현실에서 켄지가 세상을 움직이는 제3의 손이라는 과분한 칭호를 감히 받아 쥐락펴락하고 있다고 해도, 그래도 그가 마음대로 할 수 없는 부분은 여전히 존재하는 게 세상이니까 그렇다고 치자.

전부 원하는 대로 될 수는 없다. 하지만 적어도 이런 적은 단 한 번도 없었다.

뭐랄까, 계획에서 틀어져도 언제나 켄지의 예상 범위 내에서, 오차 범위 내에서 틀어졌었다.

그러면 틀어져도 대처가 가능했다. 대처가 가능하다는 뜻은 계획이 틀어졌지만 그래도 틀어진 대로 켄지의 뜻에 의해 움직인다는 것이다.

그런데 지금은 그게 아니다. 그냥 너무 낯설다. 지금의 상황이 지금까지 내가 숨 쉬면서 겪어온 현실이 맞나 싶을 정도였다.

'현실은 아니지.'

게임이지. 게임이긴 하지.

그렇다고 해도 이건 너무 낯설지 않은가. 마치 몰래카메라를 당하는 기분이다. 누가 장난이라고 말해줬으면 좋겠다는 생각이 들었다.

물론 장난은 아닐 것이다. 이 와중에도 켄지의 냉철한 머리는 빠르게 회전하며 현재 상황을 납득하고자 노력했고 성공했다.

켄지의 시선이 자연스럽게 늠름히 누워 있는 헤츨링의 사체로 향했다.

"……."

레이드에 성공하고 단 한 번도 의심해 본 적이 없다.

아니, 누가 그런 걸 의심이나 하겠는가. 분명 드래곤 헤츨링이 숨을 거두자마자 서둘러 유저들을 시켜 주위를 물렸고 혹시 몰라 헤츨링의 비늘 하나라도 가져간 흔적이 있나 확인까지 했다.

그거만 해도 충분하다고 생각했다. 그 짧은 순간, 누가 드래곤 하트를 가져가겠다는 생각까지 하겠나 싶었다.

당연히 지금 이 순간에도 황제의 앞에 살아 있는 것처럼 마력을 뿜어내며 두근대고 있는 드래곤 하트를 보면서도 의심이 들 수밖에 없다.

어떻게? 겉에서는 아무런 흔적도 없었는데?

그러는 동시에 그의 시선에 축 늘어진 헤츨링의 입이 살짝 벌어져 있는 것이 보였다.

"……설마."

에이, 설마. 말도 안 돼.

아무리 죽었다고 해도 저 드래곤의 입속으로 들어갔다고?

그 짧은 시간에? 그리고 심장만 훔쳐 가져갔다?

"……."

더 이상 의심은 없었다. 분명한 사실은 홀리 드래곤 헤슬링의 하트는 저 위에 올라가 있고 한시민이 어디서 새로운 하트를 가져오지 않은 이상 그가 들고 온 헤슬링의 사체엔 더 이상 심장이 위치해야 할 곳에 심장이 없으리란 사실이다.

굳이 눈으로 확인할 필요는 없으리라. 한시민이 굳이 그런 수고로움과 더불어 돈을 쓸 필요는 없을 테니까.

게다가 이제 중요한 건 지금의 상황에 켄지가 얼마나 당황했느냐가 아니다. 중요한 건 앞으로다. 미지의 상황에 주인공으로 던져진 그가 어떻게 행동하느냐에 따라 앞으로의 미래가 변한다.

대충 얼 타면서 어리바리하면 할수록 불리한 건 켄지다.

여긴 대충 모른다고 모르는 대로 가만히 있어서 되는 곳이 아니다.

모르면 모르는 대로 손해를 본다. 특히 이건 그냥 모르는 상황도 아니고 켄지가 그린 그림이다.

하지만 잠깐 화장실에 다녀온 사이 누군가 아예 그림 자체를 바꿔놓은 상황.

침착해야 한다. 호랑이 굴에 들어가도 정신만 차리면 그래도 살 방법 정도는 생각할 시간은 벌 수 있다.

이건 저기 저 위에서 비열한 웃음을 지은 채 음흉하게 웃으며 손을 흔들고 있는 한시민 놈이 꾸민 계략이다.

어떤 의도를 갖고 어떤 식으로 함정을 팠는지 몰라도 그게 결코 켄지에게 옳거나 긍정적인 방향으로 흘러갈 리는 없다.

저 멀리 황궁에서 고고하게 걸어 나오는 마왕, 에피아를 보며 켄지가 인상을 찌푸렸다. 그리고 빠르게 머리를 굴리기 시작했다.

에피아는 그 누구보다 천왕 같았다. 방송을 보고 있던 유저들 또한 그렇게 느낄 정도.

심지어 한시민의 방송을 생방 때마다 챙겨보는 것도 모자라 시간이 날 때마다 돌려보는, 특히 10회 이상 돌려봐 진정한 시빡이라는 칭호까지 자기들끼리 붙여부르는 열성 팬들조차도 헷갈릴 정도였다.

-마계 에피소드 1부터 완결까지 어제부로 14번 돌려봤는데 에피아, 저렇게 보니 진짜 천왕이라고 해도 믿겠다.

-사실 생긴 것만 보면 애초에 천왕이 마왕 같았지.

-꼬리 달리고 귀도 쫑긋한 서큐버스 천왕이라니. 완전 내 스타일

이다. 이참에 그냥 에피아가 천왕 하면 안 되냐.

-되겠냐, 본질이 마왕인데.

그도 그럴 것이 선입견이라는 것은, 고정관념이라는 것은 쉽게 사라지지 않는다.

천족에게, 그리고 천왕에게 씌워져 있는 순백의 이미지. 사람들의 머릿속에 각인되어 있는 천사의 고결하고도 아름다운 이미지는 에피아와 천왕을 비교해 보았을 때 겉모습만으로는 에피아 쪽에 훨씬 가까웠으니까.

어쩌면 한시민이 굳이 에피아를 천왕이라고 속이지 않았어도 둘이 아무 말도 하지 않고 있었으면 알아서 에피아를 천왕으로 착각하고 모셨을지도 모른다.

그만큼 아름다웠다. 천사라고 부르기엔 살짝 부족한 부분들이 어린 육체에서 드러났지만 그런 것 따위를 메워주는 다른 부분들은 결코 그게 부족함이라고 느껴지지 않을 정도로 압도적이었다.

게다가 입은 성복과 들고 있는 신물은 거기에 쐐기를 박아버리는 확실한 아이템이었다.

길게 흘러내리는 찰랑거리는 은발은 윤기가 자르르 흐르고 새하얀 피부는 꿀이 떨어지는 듯 매끄럽다.

완벽한 연출!

그리고 그녀의 입가에 맺혀 있는 가느다란 미소. 세상 모든 것을 품어줄 듯한 아름다움이다.

-어쩌려는 거지.
-그래도 결국 에피아는 마왕이잖아.
-어떻게 증명한다는 거?

어찌 됐든 시청자들은 결국 재미를 위해 방송을 본다. 개중엔 판타스틱 월드에 나오는 현실에 존재할 수 없는 미녀들을 보며 침이나 흘리려고 하는 사람도 많지만 대부분은 그런 미녀들은 부수적인 것이고 흥미로운 스토리, 예상할 수 없는 전개를 즐기는 게 태반이다.

그러다 보니 궁금할 수밖에 없다. 예쁜 건 예쁜 거고 에피아가 진짜 천왕이었으면 하는 바람 또한 개인적인 것일 뿐, 그들이 바란다고 평생을 마왕으로 살아온 에피아가 한순간 천왕이 되지는 않는다.

또 그렇게 되는 것보다는 전혀 예상하지 못했던 방향으로 흘러가는 쪽이 지켜보는 입장에서 더 즐겁다.

흥미롭지 않은가.

뻔한 전개에서 흩어지는 줄기들. 이 상황을 어떻게 헤쳐 나갈까.

주사위는 일단 던져졌다. 한시민은 어떻게 한지는 몰라도 켄지의 레이드에 몰래 참여해 레이드가 끝나자마자 하트를 빼돌렸고 그 하트를 매개체로 천왕을 구하려던 켄지의 계획마저 무너뜨렸다.

하나 그건 임시방편일 뿐이다. 그걸 막기 위해 던진 주사위는 어쩌면 그에게 자충수로 작용할 수도 있다.

증명.

도주가 아닌 정면승부를 택한 이상 어떻게든 마왕인 에피아는 힘을 되찾고 결국 켄지가 원하는 대로 천왕의 억울함은 세상에 드러날 테니까.

-어떻게 할까.

-무슨 수가 있는 거지?

-그냥 마왕 각성시키고 그대로 대륙 정벌하려고 하는 거 아님?

-에이, 여기가 제국의 중심인데 어떻게. 아무리 드래곤 하트라고 해도 설마 그거 하나 먹는다고 갑자기 마왕이 본래의 힘을 다 되찾고 그러겠음?

-하긴, 황제가 그렇게 먹지도 않겠지.

-일부의 힘으로 어떻게 현재의 상황을 헤쳐 나가느냐.

-한시민 보면 거의 이겼다는 표정인데?

물론 한시민도 그걸 알 것이다. 사람들은 더 이상 깊은 토론을 하지 않고 각자의 치킨을 뜯으며 구경했다.

말이 필요 없다. 지켜보면 된다.

질질 끄는 것도 없다.

황제 앞에 다가온 에피아가 드래곤 헤즐링의 하트를 집어 들었다. 그리고 그대로 반으로 쪼갰다.

"증명하겠다."

황제가 말하기도 전에 생길 수 있는 변수를 알아서 차단한다. 최소한의 힘만을 되찾고 자기 자신을 증명하겠다는 의지가 돋보인다.

신뢰가 가지 않으려 해도 않을 수가 없다.

황제가 고개를 숙였다. 그는 대륙의 왕이지만 천왕은 그 위의, 신의 대리인이다. 신을 믿지는 않지만 눈에 보이는 그보다 강한 대리인에게 잠시나마 고개 숙이는 척 정도는 할 줄 아는 철혈제다.

어차피 증명되지 않는다면 곧장 목을 칠 준비가 되어 있다. 에피아가 매혹적인 미소를 지으며 하트를 그녀의 왼쪽 가슴에 가져다 댔다. 야만인처럼 허겁지겁 하트를 뜯어먹는 일 따위는 없었다.

우웅-

하트를 흡수하는 것조차도 성스럽다. 신성력이 가득한 홀리 드래곤의 하트가 빛을 강렬하게 토해냈다.

응축된 신성력.

헤츨링 시절의, 백 년이 갓 넘는 시간 동안 모이고 모여 농밀하기 그지없어 뭉쳐진 신성력들이 그 결속을 풀고 힘이 이끄는 대로 에피아의 몸에 흡수된다.

-오오오!

-뭐야, 신성력을 그냥 흡수하는데? 어떻게 된 거임?

-마왕인데 저래도 되는 거야?

-신성력하고 마력은 상극이라며.

-힘을 제약당해서 그런가?

수많은 추측과 혼란이 방송은 물론 보고 있는 켄지에게도 쏟아졌다.

'진짜 천왕이란 말인가?'

오죽하면 켄지가, 한시민에게 모든 진실을 들은 그가 그렇게 생각할까.

그러는 사이 반으로 잘린 하트는 완전히 흡수되어 사라졌다. 온 세상을 뒤덮는 듯 퍼지던 신성력 또한 어느새 갈무리된 상태.

꿈을 꾸는 듯한 상황은 끝났다. 살포시 감겼던 에피아의 두 눈이 떠졌다. 그 눈빛은 세상 그 어떠한 눈동자보다 초롱초롱하고 맑았다.

그녀가 나직이 중얼거렸다.

"꿈을, 꾸세요."

팟-

또 한 번 그녀의 몸을 기준으로 새하얀 신성력이 일순 퍼져나갔다.

[+12 신의 성물]

* 등급: God

* 절대 옵션 1: 세상의 모든 힘을 신성력으로 바꾸어 1.5(+3)배 증폭시킨다.

* 절대 옵션 2: 신성력의 위력이 2(+4)배 강해진다.

단순하기 그지없다. 하지만 누구도 그런 단순하고 성의 없는 설명과 부족한 내용에 인상을 찌푸리지 않을 것이다.

이미 수많은 에픽 레전더리 등급의 아이템들을 15강 해본 경험이 있는 한시민마저 신물을 집자마자 단 한 번의 불평 없이 이건 돈이 되는 물건이라 판단했다.

또 세 개의 신물 중에서 주저 없이 이걸 남기기로 결정할 정도로 대단한 물건이 아니던가.

원래 어떤 게임이든 가장 간단하면서 기본적인 게 좋은 거다.

신의 성물 또한 마찬가지다.

에피아의 이런 상황을 예측하고 가져온 건 아니다. 그냥 팔아먹는다고 해도 이게 가장 돈이 많이 될 것처럼 보였기 때문이다.

당연하다. 갓 등급은 둘째 치고 절대 옵션이라고 붙어 있는 두 옵션 모두 사기다.

그냥 사기도 아니고 넘사벽으로 사기다. 퍼센티지도 아니고 배수로 그냥 막 힘을 뻥튀기시켜 준다. 아무런 대가 없이, 과연 신물이라는 걸 인정할 수밖에 없을 정도로.

천왕이 어째서 에피아와의 전투에 이런 걸 들고 다니지 않았을까 의심이 들 정도였다.

게다가 이건 굳이 신성력을 쓸 수 있는 자들만 구매할 수 있는 게 아니다. 어떠한 힘을 쓰든 전부 신성력으로 나간다. 에피아가 천왕으로서의 증명을 해낼 수 있는 이유였다.

'베타고가 예뻐 보일 날이 오다니.'

그건 아마 신이 베타고이기 때문일 것이다.

모두에게 공평한 신. 설정상 신을 모시는 건 천계의 천족이지만 신은 모두에게 기회를 준다.

신의 물건의 옵션이 그러한 것도 그런 이유. 당연한 말이지만 반대로 천왕에게 갔다면 반대의 상황이 나왔을 것이다. 아니, 그 전에 신물도 필요 없이 천왕은 자신을 증명했겠지.

뿌듯함과 함께 증명의 2페이즈, 에피아의 필살기가 신성력으로 치환되어 온 세상에 흩뿌려졌다.

그건 한시민 또한 예외가 아니었다. 눈앞에 꿈이 펼쳐졌다.

Episode 57.

서큐버스 드림

　원래 에피아의 필살기는 악몽이다. 서큐버스들의 종족 특성, 꿈을 이용해 상대방에게 악몽을 선사하는.

　물론 그녀가 사용하면 훨씬 더 강하다. 평소 서큐버스들이 꿈을 그저 상대방의 긴장을 약화시키고 서큐버스에 대한 친근함을 주기 위해, 그리고 정기를 보다 쉽게 빨아먹기 위해 꿈을 통해 대신 상대방의 욕망을 채워주는 용도로 사용한다면 서큐버스 여왕, 수만 년에 한 번 나올까 말까 한 서큐버스들의 전설은 그 꿈을 살상의 용도로 사용하니까.

　에피아의 꿈에 걸리고 그녀의 마력에 견디지 못하는 자는 모조리 죽는다. 그게 에피아의 힘이고 이미 한시민의 영상에

한 번 나왔던 적이 있었다.

그것이 이번엔 신성력으로 변환되어 발현되었다. 신물을 통해.

신성력으로 각성한 그녀의 흑마력은 물론 마왕인 에피아에게 아무렇지도 않을 리는 없었다.

엄청난 반발이 일었다. 제약을 통해 모든 힘이 사라진 그녀에게 하트의 신성력은 처음엔 별문제 되지 않았지만 시간이 흐르고 온몸을 맴도는 차고 넘치는 신성력이 제약을 서서히 깨고 조금이나마 흑마력을 일깨운 순간부터는 몸속에 두 개의 상극인 기운들이 죽어라 서로를 밀어냈으니까.

마왕이라고 다를 바 없다. 아니, 마왕이라 오히려 더 위험하다. 그녀가 가지고 있는 흑마력의 양은 상상을 초월하기에.

그나마 하트의 반 정도로는 그녀의 모든 흑마력을 깨우기엔 역부족이었기에 무사할 수 있었다. 깨어나는 흑마력들을 굳이 신성력과 싸우게 내버려 두지 않고 곧장 신물에 쏟아부었기에 남들에게 들키지 않을 수 있었다.

교황도 있는 자리였지만 에피아는 그만큼 치밀하고 안전하게 일을 진행했다.

아마 천왕이나 혹은 상급 천족쯤 되는 자가 있었으면 미세하게나마 눈치챘을지도 모른다.

하지만 그런 존재가 여기 있을 리 없다.

결국 에피아는 무사히 위기를 넘겼고 상황은 이제 그녀의 존재를 증명한 것에 대한 대가로 넘어갔다.

넓게 퍼진 신성력, 그리고 꿈에 빠진 사람들.

에피아가 웃었다. 그녀의 미소를 본 이들은 없었다. 모두 몽롱한 눈빛으로 잠에 빠져들었기에.

하지만 그녀의 미소와 함께 모두가 웃었다. 좋은 꿈을 꾸듯.

그건 황제도, 교황도, 심지어 한시민마저 예외가 아니었다. 원래였으면 모두가 인상을 찌푸리고 시험에 빠져 있어도 이상하지 않다. 하나 웃고 있다는 건 그녀의 꿈이 평소와는 다르다는 뜻이다.

에피아가 눈을 감았다. 그녀 역시 그녀의 꿈이 어떻게 변질되었는지 모른다.

신성력으로 발현하는 악몽. 어떨지 확인해 보고자 했다.

모두가 꿈에 빠졌다.

꿈은 각자만의 미래와 희망이 담긴 내용이 아니었다. 수천, 수만 명이 모인 자리에서 모두가 꾸는 꿈의 내용은 같았다.

새하얀 하늘, 온통 순백인 세상. 천국인가 싶을 정도로 성스러운 장소에 모여 있는 셀 수도 없이 많은 천사.

누가 봐도 천계임을 확신할 수 있는 순간, 행동의 자유를 박탈당한 사람들은 그 웅장한 모임을 넋 놓고 제삼자 입장에서 볼 수밖에 없었다.

직접 보는 듯한 느낌의 사람들뿐 아니라 시청자들 역시 마찬가지다.

이게 뭔 일이래.

말조차 나오지 않고 그나마 방송을 보는 이들은 채팅으로 의견이나마 주고받는다.

그런 혼란 속에서도 꿈은 진행되었다.

"신께서 세 번째 신물을 내려주셨다. 이는 현 천계에 대한 신뢰와 믿음을 의미하며 우리의 노력이 신께서 원하시는 방향으로 흘러가고 있음을 의미하는 것이다!"

"와아아!"

그리고 그곳에서 등장하는 첫 번째 인물은, 수만의 천사 앞에서 연설하는 이는 꿈을 꾸는 사람들이 익히 잘 아는 얼굴이었다.

-뭐야, 천왕이네.

-ㄹㅇ 천왕이네.

-알고 있긴 했는데 이런 식으로 대놓고 보여주는 건 뭐지?

-이거 마왕이 보여주는 거 아님?

그래서 더 혼란스러웠다.

어째서?

갑작스레 마왕의 수작으로 인해 모두가 꿈에 빠지긴 했지만 보여줄 거면 이왕이면 에피아가 나오는 꿈이어야 한다. 그게 상식이지 않는가.

-일단 더 보자.

어찌 됐든 꿈은 계속되었다. 천왕은 현재 에피아가 들고 있던 성배를 하늘 높이 들며 만족스러운 미소를 내보였다.

그와 함께 화면이 넘어갔다. 주변에 보이던 천족들은 온데 간데없고 천왕 홀로 아무도 없는 방 안에 서 있다. 어둠이 가득한, 하지만 그곳을 비추는 신성력이 충분한.

꿈을 보는 이들에겐 낯선 장소, 동시에 한시민에겐 꽤나 익숙한 장소.

'신물이 있던 곳.'

거기엔 천계 게이트를 열기 위해 희생되었던, 이제는 빛을 잃은 두 개의 신물이 먼저 위치하고 있었다.

이쯤 되니 대충 어떤 내용의 꿈인지 감이 왔다.

시대는 천왕의 임기 중 신물을 받은 때.

어째서 이런 꿈을 보여주는지는 조금 더 지켜봐야 한다.

인내를 갖자 천왕이 슬슬 꿈의 본론으로 들어갔다. 신물이 위치할 자리에 신에게서 받은 세 번째 신물을 조심스레 올려놓는다. 그리고 신성력을 통해 먼지 한 톨 침범할 수 없도록 닦는다.

하루 종일 생고생을 해가며 겨우 12강까지 하는 것도 힘들어서 신물을 땅바닥에 내던지며 화풀이하던 한시민과는 정반대의 모습.

애지중지 아끼는 천왕의 눈빛엔 아까와 달리 탐욕이 가득했다. 그리고 그의 입에서 말이 튀어나왔다.

"이제 한 개만 더 모으면⋯⋯ 어쩌면 가능할지도 모르겠군. 신이 되는 것."

목소리엔 아까 들었던 근엄과 성스러움 따위는 조금도 찾아볼 수 없었다. 대신 탐욕만이 가득했다. 그런 그가 하늘을 올려다보았다.

"신, 천계가 망하든 대륙이 마족들의 손에 넘어가든 신경도 쓰지 않던 존재. 인간들과 천족들에겐 그런 신보단 직접적으로 영향을 줄 수 있는 신이 필요해⋯⋯."

나지막이 중얼거리는 그의 미소와 함께 그의 주변에 일렁이던 신성력들이 일순 어두워졌다. 물론 그것을 본 사람은 오로지 꿈을 통해 제삼자로서 모든 것을 관망하던 사람들뿐.

그리고 신물을 모셔놓는 방의 틈을 통해 우연히 지나가다 본 한 명의 천족뿐이었다. 그 천족의 얼굴이 천왕의 시점에서 옮겨져 시야에 들어왔다.

"……!"

지켜보던 사람들은 눈을 크게 뜰 수밖에 없었다.

꿈에 등장한 주요 인물 둘. 둘밖에 안 되는 인물들이 우연이라도 겹치듯 그들이 모두 아는 얼굴들이었으니까.

-헐, 뭐야. 에피아 아님?

-어떻게 된 거지?

의문을 제기할 틈도 없었다. 그와 함께 또 한 번 화면이 넘어갔다.

다음은 비무장지대였다. 한쪽 지평선은 어둠이, 또 한쪽 지평선은 빛이 가득한 지대. 그곳에서 슬픈 눈매를 한 에피아와 탐욕이 가득 찬 천왕이 대치하고 있었다.

"천왕님, 꼭 이래야만 하셨나요."

에피아가 애원하듯 물었다. 그녀의 애절한 목소리와 표정이 보는 사람의 심금을 울린다.

하지만 이미 아까보다 훨씬 더 악당의 모습이 된 천왕은 조금도 흔들리지 않았다. 오히려 부탁하는 그녀를 향해 손을 흩뿌린다. 그의 손엔 흑마력이 흘러나오는 물건이 가득했다.

"꺼져라. 난 신이 될 거다. 신이 나를 시기하고 방해한다면 그 신마저 부수겠다."

"……."

에피아는 슬픈 얼굴로 그녀가 대륙에 들고 있던 신물을 꺼내 들었다. 그러곤 두말없이 전투를 시작했다.

그와 함께 꿈은 끝이었다. 길고 긴, 하지만 실제로 그렇게 길지는 않았던 악몽이지만 동시에 희망의 꿈.

사람들은 그렇다 느꼈다. 에피아에 대해 어떻게 생각하고 있던 사람들이든 단순하게 꿈만 지켜본 사람이라면 모두 그렇게 느낄 수밖에 없으리라.

-에피아가 불쌍하다.
-그러니까 원래 천왕이었던 놈이 이상한 마음을 품었고 그걸 본 에피아가 막으려고 하자 천왕이 마계로 도망친 건가?
-그러다 마왕이 되고 지금의 상황이 벌어진 듯.
-결국 둘 다 천족이었다는 거네?
-타천사지 지금 마왕은.

추론은 어렵지 않았다. 꿈을 보았으면 작금의 상황 또한 이해가 되었다.

-와, 죽이네. 이런 식으로 스토리를 짤 수가 있나.

-그 짧은 시간에 만든 환상이라는 거임? 역시 서큐버스네.

-원래 짜여 있던 시나리온가? 잠깐 사이에 짠 스토리치곤 너무 세밀한데?

물론 알 만한 사람들은 모두 가짜라는 걸 알고 있었다. 하지만 그런 건 중요치 않았다.

중요한 건 하나다.

-끝났네.

-마왕, 아니, 천왕은 이제 빼도 박도 못하고 마왕으로 살아야겠네.

-설사 신성력을 증명한다 해도 믿어줄 사람이 없을 듯. 원래 천족이었으니 신성력을 사용하는 건 어렵지 않다고 생각할 테니.

-그런데 에피아는 어떻게 신성 마법을 사용한 거임?

-그게 중요하냐, 했다는 게 중요한 거지.

결과는 바뀌었다는 것.

꿈에서 깬 사람들은 한동안 아무런 말도 하지 못했다.

가장 먼저 입을 뗀 자는 역시 그 상황에 가장 먼저 적응한 에피아였다.

그녀가 매혹적인 시선을 황제에게 돌렸다.

"증명은 충분하나요?"

"……충분합니다."

아직도 꿈이 생생하다. 그곳에서 천계를 위해 천왕이었던 변절자와 싸우는 모습까지.

그녀가 들고 있는 신물이 그 증거다. 적어도 진실을 모르는 사람들은 철석같이 믿을 수밖에 없다.

그 어떤 세뇌나 설득보다 강렬했던 꿈.

황제의 시선이 이번엔 켄지에게 향했다.

"할 말이 있는가?"

"……."

있을 리가 있겠나.

뭐, 한다면 할 말이 영 없는 건 아니다. 여전히 켄지는 진실을 알고 이 모든 게 한시민이 판 함정이라고 소리치고 싶은 마음이 굴뚝같다.

하지만 사람은 언제나 눈치가 있어야 한다. 굳이 눈치가 없는 사람이라도 이런 엄중한 분위기에선 절로 눈치가 생길 수밖에 없다.

만약 지금 그런 말을 꺼냈다간 당장에라도 보고 있는 수천의 사람이 대신해서 그를 죽이고자 달려들 것이다.

진실을 알고 레이드에 참여했던 유저들을 제외하고 대다수의 NPC는, 대륙을 지키고자 나섰던 NPC는 이곳이 황실만 아니었다면 이미 그를 향해 무기를 들고 달려들었을지도 모를 정도로 눈빛이 흉흉하다.

게임은 끝났다. 켄지 또한 한시민의 배신을 대비해 세운 계획들과 들었던 그의 계획을 통해 어떤 식으로 이용해 먹을지 계산해 놨지만 그게 무슨 소용이 있으랴.

황실 기사들이 다가왔다.

🜨

대신전 지하 감옥.

한시민이 승리의 미소와 함께 천왕에게 다가갔다.

"내 성역 먹고 튀고 잘도 무사할 줄 알았지? 새끼야. 인생은 그렇게 날로 처먹으려고 하면 다 돌아오게 돼 있어."

자기 자신에게 해야 할 것 같은 말들을 아무렇지도 않게 천왕에게 쏟아내며 승리를 즐긴다.

"……사악한 마족의 개. 머리가 제법 돌아가는 모양이군."

천왕은 그런 도발에 흔들리지 않고 침착하게 대꾸했다. 그는 힘을 잃었지만 여전히 천왕이다. 영상을 통해 워낙 개새끼로 나왔지만 현실은 그렇지 않다. 진정 신을 모시고 신만을 위해 헌신하는 자다. 그렇기에 한시민이 놀리면서도 찾아온 것이다.

"천계로 가고 싶지?"

"……?"

악마의 속삭임. 그것은 누군가 간절히 원하는 것이 있을 때 통하는 것이니까.

2

막장 오브 막장이다. 한시민이 내뱉는 말은.

이제야 천왕을 마왕으로 완벽하게, 빼도 박도 못하게 인간들에게 인식을 박아놓은 장본인인 주제에 천왕에게 가서 천계로 돌아가고 싶지 않느냐 물어보다니.

"……."

이게 무슨 개소리냐고 물어야 마땅한 상황인데 어이가 없어서 입이 떨어지지 않을 만큼 황당하다. 심지어 그게 천왕임에도, 천계를 지배하는 지배자이자 신을 대리하는 유일한 존재라고 해도 과언이 아닐 존재임에도.

예측할 수 없다. 대체 눈앞의 인간이 무슨 의도로 어떤 생각을 가지고 이런 말을 씨부리는 것일까.

"무슨 뜻이냐."

해서 물었다. 정말 궁금해서.

원래였다면 이런 사악하고 간악한 인간 따위는 눈 하나 깜빡하지 않은 채 손가락으로 날려 먼지조차 남지 못하고 소멸시켰을 것이다.

그것이 원래 천왕의 성격이다. 천족이라고 무조건 착하고 친절할 것이라는 생각은 편견.

결국 천족 또한 마찬가지로 생명체다. 그들이 천족인 이유는 신을 모시고 신성력을 사용한다는 단 하나의 이유일 뿐. 대륙에 호의적인 것 또한 대륙의 사람들이 신을 모시고 대륙 공통 종교를 신을 모시는 것으로 정했기 때문이다.

그럼에도 마족들의 대륙 침공에 별다른 편법이 없으면 개입하지 않는 이들이 아니던가. 그만큼 냉정하다.

그리고 악에 대해서, 마족들에 대해선 특히 엄격하다.

하나 그런 마족들과 손을 잡고 천왕에게 이런 수모를 주는 한시민에게 몸으로 직접 불쾌함을 표현하지 않고 궁금증을 풀기 위해 질문하는 이유는 하나다.

힘이 없으니까. 힘이 없다고 고개 숙이진 않지만 멍청하게 없는 힘을 내세워 허세를 부리지도 않는다. 전혀 통하지 않음을 아니까.

또 상대방 또한 그게 허세임을 잘 알고 있다. 원래 대답해 줄 생각이 없는 놈처럼 보이는데 그런 허세까지 부리면 좋다고 말해줄까.

절대 아니다.

해서 담담하게 내뱉고 기다렸다. 말해주면 듣고 아니면 만다.

한시민은 다행히 천왕의 말에 순순히 대답해 주었다.

"천계로 가고 싶지 않느냐고. 그냥 있는 그대로 생각하고 대답해. 묻는 거니까."

"……."

"물론 절대 싸진 않아. 생각한 대가 그 이상의 값을 치러야할 거야. 하지만 여기 남아서 앞으로 너와 여기 찌끄레기들이 겪어야 할 수모에 비하면 뭐, 보석으로 석방될 기회가 주어진 것만으로 감사할걸?"

"……."

굳이 설명해 주지 않을 필요가 없었다. 확인해 주는 과정에 불과했으니까.

"그러니까 그러는 이유가 뭐지?"

물론 천왕이 원하던 대답이 아니라는 게 조금 문제였지만. 천왕 또한 한시민의 말과 그 말 속에 담겨 있는 감정을 느끼며 진심임을 알았다.

이해되지는 않지만 이 마왕보다 더한 인간 놈은 그에게 악마의 손길을 내밀고 있다. 이해되지 않으면서 동시에 그런 놈이기에 이해되는 기괴한 현상. 천왕은 거기서 더 나가 구체적인 이야기를 듣고 싶었다. 이런 제안을 하는 이유.

"천계로 돌아가 정비를 마치고 다시 천족을 이끌고 대륙으로 올 수도 있다. 그대로 마계로 향할 수도 있고. 그런데 왜?"

이걸 눈앞의 인간이 모를 리 없다. 아니, 모른다고 해도 마왕 에피아가 모를 리가 없다.

그런데 어째서? 인간의 개인적인 결정? 어차피 본인에게 전부 부담해야 할 짐으로 돌아올 걸 알면서도?

한시민은 그런 복잡한 질문에 간단하게 또 한 번 대답해 주었다.

"그냥, 어차피 죽여봤자 나중에 되살아나고 별 쓸데도 없는 놈들 데리고 있는 것보다 돈 받고 풀어주는 게 낫잖아. 언젠가는 살아 돌아갈 거고 복수는 그때도 할 건데. 이왕 정해진 결말이면 뭐라도 챙기는 편이 낫지. 주도권이 이쪽에 있을 때."

"……."

아까 말했듯 간단하다. 한시민은 본인만 생각하기 때문이다. 분명 천왕을 이곳에 붙잡아 두고 있는 시간이 길어지면 길어질수록 마왕에겐 이득이다. 대륙을 정복하고 마족들이 대류에 넘어올 시간이 생기고. 하나 그를 통해 얻는 이득은 이제 마족들에게 더 크다.

한시민이 얻는 것이라곤 이미 가지고 있는 황제의 신임과 더불어 대륙에서의 명성이 조금 더 높아지는 것뿐. 굳이 마왕이 대륙을 정복하지 않아도 앞으로의 한시민의 길은 탄탄대로다.

천왕이 돌아가서 군대를 갖추고 쳐들어온다?

그게 하루 이틀 만에 될 리 없다. 여기 붙잡아 두나 보내나 게임에서 쌓은 하늘을 뚫고 올라간 명성을 통해 얻어낼 이익은 같다.

그렇다면 부수적인 이득을 보는 게 당연히 좋다.

아주 간단하고 이기적인 계산. 동시에 그렇기에 효율적이다.

실제로 한시민은 단 한마디로 천왕을 당황시키지 않았는가.

거래에서 상대방의 당황을 유도하고 그걸 드러내게 하는 건 페이스를 가져오는 데 아주 중요한 역할을 한다.

"뭐, 많은 건 안 바란다. 어차피 가지고 있는 것도 별로 없고, 돌아가서 가져오라고 해도 네가 지킬 리도 없고."

"……."

페이스를 가져온 한시민은 마음대로 거래를 진행시켰다.

반발은 없었다. 인간의 의도대로 끌려가는 게 천왕의 입장에선 상당히 마음에 들지는 않지만 아직까지 감옥 안에 갇혀 있다는 사실은 천왕에게 있어 자존심 따위를 세울 때가 아니라는 현실을 직시하게 만들어주었으니까.

"생각해 보겠다."

"시간은 얼마 못 줘. 어차피 곧 소식들이 전해지겠지만 아시다시피 늦으면 가격은 올라가니까."

그나마 마지막, 마족과는 손을 잡지 않겠다는 자존심이 짜낸 한마디.

의심.

'수작을 부리는 것일 수도 있다.'

아직 지하 감옥까지 도달하지 못한 밖의 상황에 의한 결정.

한시민은 너그럽게 기회를 주었다. 그리고 한 치의 망설임도 없이 등을 돌려 떠나갔다.

뒤이어 모험가 한 명이 내려왔다. 여전히 서브 퀘스트에 미련을 갖고 있는 유저 중 한 명이었다.

"천왕님, 큰일 났어요. 님 개망했어요. 어떻게 하죠?"

"……"

"이제 빼도 박도 못하게 마왕으로 낙인찍혔는데. 아, 이걸 어떻게 설명해야 하나. 그러니까 천왕이, 아니지 천왕으로 둔갑한 마왕이……"

한 박자 늦은 구체적인 설명이 시작되었다.

메인 퀘스트는 끝나지 않았다. 사제들에게 주어진 서브 퀘스트 역시 마찬가지였다. 여전히 기회의 장은 열려 있다는 뜻.

-이거 왜 안 끝나냐.

-놀리냐, 시방.

-하긴 뭐, 끝날 이유는 없지. 어찌 됐든 아직 천왕을 증명할 수 있는 방법은 남아 있는 거잖아.

-말도 안 되게 어려워졌을 뿐이지.

-이거 깨면 내 전 재산 준다.

-아니, 천왕에서 마왕이 되기까지의 스토리를 날조해 교황하고 황제에게 보여줬는데 여기서 더 어떻게 설득하라는 거냐. 막말로 천왕이 힘 되찾고 신성력으로 나라를 구해도 원래 천왕이었으니 당연한 것이라며 안 믿는 거 아님?

-변절했으니 흑마력을 쓸 텐데 신성력 쓰면 그래도 믿지 않을까.

-뭔 소리임. 그렇게 따지면 에피아도 신성력 썼는데. 이거 그냥 천왕이나 마왕은 서로 신성력이나 흑마력 쓸 수 있는 거 아냐?

-에이, 그래도 상성인데 어떻게.

-어떻게는 어떻게야. 이미 벌어졌는데.

하지만 그 누구도 그걸 깨라고 만들어 놓은 퀘스트라고 생각하지 않았다. 그냥 일종의 오류라고 생각했다.

물론 판타스틱 월드에 오류란 존재하지 않는다. 그렇기에 한숨이 절로 나올 수밖에 없다.

퀘스트는 사실상 끝난 것이나 다름이 없는데 메인 퀘스트는 다음 단계로 넘어가지 않고 정체되어 있다.

유저들이 성장하려면 스토리가 진행되어야 하는데 지금 걸린 메인 퀘스트는 깰 엄두를 내는 이가 없었다.

문제는 그것뿐만이 아니었다.

-아, NPC들 사이에 이제 소문까지 퍼져서 잘 믿지도 않음.

-그런 말 하면 바로 사이비냐면서 돌팔매질 당한다.

-XX. 난 쪼렙 존에서 빠르게 30 찍으려고 선교하러 다니다가 죽어서 레벨 떨어지고 접속도 못 하게 됨. 개 같다.

빠르게 경험치작을 하던 그 시기마저 끝나 버렸다. 유저들은 진실을 알지만 NPC들은 직접 눈으로 본 게 아니다.

아무리 모험가들이 그렇다고 떠들어 대도 이미 교황뿐 아니라 각국의 중요 인사들은 에피아의 꿈을 겪었다.

직접 겪은 그 꿈을 거짓이라고 누가 믿겠는가.

너무나도 생생하고 이미 반쯤 그렇게 믿고 싶게 생긴 에피아가 그런 훌륭한 스토리를 던져 줬다.

결국 유저들에게 남은 방법은 하나였다.

-한시민 대단하다.
-나쁜 놈, 혼자 다 해 처먹네.
-같이 좀 살자.
-양심 있으면 그만 해먹어라.

투덜대는 것.

-리치 영지 가서 데모하실 분 구함.
-시위하자.
-그래, 게임의 생태계를 망치는 미꾸라지 하나쯤은 유저들이 힘을 합치면 물리칠 수 있다.
-천왕을 천왕이라 부르지는 못하지만 얍삽한 유저 하나 내몰려고 시위하는 건 뭐라 하지 않겠지.

비교적 만만한 놈에게 시비를 거는 것. 하지만 대부분의 유저는 몰랐다. 차라리 황제에게 직접 찾아가 드러눕는 것이 훨씬 더 나은 선택이었다는 것을.

오랜만에 일이 잘 끝난 기념으로 침대에 몸을 던지고 푹 수면을 취하고 돌아온 한시민은 흥미로운 소식을 들었다.

"오빠, 리치 영지 앞에 사람들 시위하고 난리던데? 보좌관 아저씨도 어떻게 해야 하나 고민이 많더라고. 카지노도 이제 오픈했고 거기도 모여가지고 오픈한 지 얼마 안 돼서 뽕 뽑아야 하는데 방해하고 난리라고."

"엥?"

이해는 했다. 충분히 그럴 수 있다. 만약 한시민이었어도 그랬을 것이다.

"하다못해 메인 퀘스트라도 빨리 넘겨달래."

"그러고 싶겠지."

이해는 하지만 그건 그들의 사정이다. 한시민은 한시민의 사정이 따로 있는 법.

"뭘 고민해. 쓸어버리면 되지."

"……응? 그래도 돼?"

"당연하지."

"매출에 차질이 생기면 어떻게 하려고? 오빠 그런 거 싫어하잖아."

명쾌한 해답에 한시민이 인상을 찌푸렸다.

맞는 말이다. 평범한 사람이라면 그렇게 생각할 것이다. 어찌 됐든 리치 영지에 모이는 사람은 한두 명이 아니다. 전 대륙에서 모이고 또 유저들이다.

리치 영지의 매출 반 가까이가 유저들에 의한 것이라는 걸 생각해 보면 사업자로서 유저들의 의견을 조금이나마 반영하는 것이 오랜 시간 장사의 흥행을 위한 옳은 선택일 수도 있다.

하지만 한시민은 그러지 않았다.

"어차피 올 놈들은 와. 괜히 풀어줬다가 아주 그냥 지들 세상인 줄 알고 까불면, 어? 그게 더 손해지 막말로. 그냥 다 쓸어버려. 토끼들 놀아서 뭐 하겠어. 헤즐링 심장 꺼낼 때도 죽을까 봐 봐줬잖아. 이럴 때라도 일해야지."

"응, 그렇게 전할게."

"뭐, 알아서 용돈 주러 오겠다는데 마다할 필요가 없지."

"역시 오빠는 내 스타일이야. 완전 사기꾼 같아."

"돈 안 되는 칭찬은 넣어둬."

입가에 미소가 만개한 한시민은 거칠 게 없었다.

3

"독재자 시민은 물러나라! 물러나라!"

"유저들의 기본 인권을 보장하고 살기 좋은 판월을 만들 의무가 있다!"

"상위 1%가 해 처먹는 더러운 세상! 고치자!"

관광객들의 메카. 리치 영지 내부에서 수많은 사람이 모여 머리끈을 두르고 목이 터져라 외친다.

원래도 관광하러 온 사람들로 북적거리고 주변 사람들의 어깨 정도 스치는 건 당연하다고 느낄 정도로 사람이 많았지만 그런 붐비는 느낌과는 다른 질서정연한 모임이다.

하나같이 유저들로 이루어진 집회. 어디서 구해왔는지 마력을 통해 방출되는 메가폰까지 가지고서는 의기양양하게 시위를 진행하고 있었다.

"그런데 여기서 이래도 되나?"

"켄지도 그렇고 괜히 이렇게 모여서 시위하다가 다 사이비 종교 취급받고 낙동강 오리알 신세처럼 숨죽이고 철퇴를 처맞고 있다던데."

"괜찮아. 그건 황제랑 신전이 엮여서 그렇게 위험한 거고 이건 그냥 시민에 대한 개인적인 시위니까 나서진 않을 거야. 할 짓이 아무리 없어도 그렇지 사위라고 해도 명색이 황제인데 고작 유저들끼리의 다툼에 끼어들 리가 없잖아."

"……굳이 황제가 끼어들지 않아도 시민은 영주잖아. 귀족이기도 하고. 리치 영지에서 상주하는 병사들만 풀어도 우리 그냥 쫓겨날 텐데."

"어허, 그럴 거면 진작 내쫓았겠지."

"하긴, 그런데 이거 영업 방해라서 되게 짜증 나겠다."

"그러니까 여기서 더 큰소리를 내면서 고객의 입장을 전달해야 하는 거지. 제까짓 게 뭐 어쩌겠어. 돈이면 환장하는 놈인데 손님들이 이렇게 단체로 파업하고 배 째라고 누우면 어쩔 수 없이 우리 말을 들어줄 수밖에 없단 말이지. 아무리 NPC들 수입이 많다고 해도 유저들이 빠지면 타격이 큰 건 맞거든."

물론 다 믿는 구석이 있기 때문에 가능한 일이었다. 리치 영지 내부에서 자체적으로 제재하는 부분도 없었고.

실제론 한시민이 잠깐 자러 간 김에 휴식을 좀 취하고 있기 때문에 기다릴 뿐이지만 현 상황에서 눈치를 보고 있는 유저들의 입장에선 자체적으로 해석하고 판단할 수밖에 없었다. 대체적으로 본인이 하는 판단은 긍정적일 수밖에.

"당황한 거지. 설마 이런 식으로 나올 줄은 몰랐으니까. 장사는 해야겠고. 그렇다고 지금 취하는 이득을 포기하기엔 아깝고. 그런데 먼 미래를 봐도 결국 메인 스토리 안 넘기고 묶어두는 것보단 리치 영지랑 카지노 돌리는 게 시민한테는 더 이득이 될 거야. 그러니까 적당히 시간 끌면서 계산해 보고 우리말을 들어주게 되겠지."

"캬, 천잰데?"

"현실이나 게임이나 뭐 다를 게 있냐. 원래 다들 좋게 말하

면 들어 처먹지를 않아. 이렇게 직접적으로 자신한테 손해 볼
일이 생겨야 대화가 좀 통하지."

그런 마인드가 퍼지고 퍼지면서 시위하는 유저의 수가 점차
늘었다.

뭐라도 하나 얻어볼 수 있지 않을까 김칫국을 마신 사람들
이 대부분이었다.

"미안하다면서 리치 영지 할인권 정도 주지 않을까?"

"이번에 리치 영지로 놀러 올 생각이었는데. 따지면서 쓸데
없이 비싼 가격도 좀 내려달라고 하자."

그런 사람들에게 보좌관이 근심 어린 표정으로 다가왔다.
리치 영지를 관리하는 실질적인 주인이 보좌관임을 모르는 유
저는 거의 없다.

당연히 시위는 잠시 멎었고 대표가 나섰다. 그의 얼굴엔 미
소가 가득했다. 이미 김칫국을 한 사발 들이켜고 승리에 취해
시위하고 있었는데 보좌관이 먼저 부르는 것도 아니고 다가온
다.

그런 그의 표정이 심각하기까지 하다.

뭐랄까, 이런 짓을 해도 되나 싶은 표정이랄까.

그게 무엇을 의미하겠는가.

굳이 고민해 보지 않아도 누구나 쉽게 알 수 있다.

'우리의 뜻을 들어주려고 하는구나.'

공식적으로 그들이 리치 영지에, 시민에게 직접적으로 무언가 뜻을 표출한 적은 없다.

그냥 모여서 시위를 한 것뿐이다. 하지만 그들은 그들이 많은 영향력을 행사했다고 생각하고 있고 시위를 통해 뜻은 충분히 전달했다고 생각하고 있다. 그러다 보니 어깨가 솟아오르고 턱은 추커세워졌다.

원하는 대답만 들으면 된다는 자세. 보좌관은 그런 자세를 개무시하며 입을 열었다.

"혹시 영주님께 메인 퀘스트? 모험가들만의 법칙을 다음 단계로 넘겨달라고 요구하며 시위를 진행하시는 분들이 맞습니까."

침울한 목소리, 한껏 가라앉은 기분.

시위하던 유저 대표는 고개를 거만하게 끄덕였다.

"그렇소!"

현실에선 오그라들어 쓰지도 못할 말투를 아무렇지 않게 사용한다. 뭔가 기품 있어 보이고 긍지 있는 시위인 것 같은 느낌마저 든다. 특히 드라마에서 본 갑이 쓰는 이런 말투는 갑을 더 갑으로 만들어주는 것 같기도 하다.

상대방을 살짝 높여주는 것 같으면서도 나의 위치를 돈독히 하는 느낌?

어쨌든 무슨 말을 내뱉어도 될 상황이다. 그렇게 생각했다.

보좌관이 고개를 끄덕이며 뒤를 보고 손을 까닥이기 전까지만 해도.

"치워."

"예!"

귀찮은 바퀴벌레들을 손도 대기 싫어서 부하들에게 맡기는 것 같은 말투. 그리고 혐오하는 눈빛으로 무기를 들고 다가오는 영지의 병사들.

유저들은 무슨 상황인지 파악하기도 전에 저도 모르게 슬금슬금 걸음을 물렸다. 그냥 본능적인 감이었다.

'X 됐다.'

왜?

이유는 중요하지 않았다.

"무슨 짓입니까!"

라고 물어도 돌아오는 대답이 없으리라는 건 이미 행동으로 옮기고 있는 병사들을 보며 어렴풋이 느꼈을 테니까.

끌려가는 유저들은 반항할 수 없었다. 당장 할 말은 많았지만 여기 모인 사람 대부분은 저레벨이다. 고레벨 유저들 중 눈치가 어느 정도 있는 자들은 이미 한시민과 켄지의 대결에서 한시민이 이겼다는 걸 보고 이런 멍청한 짓을 할 생각 따위는 하지 않았을 테니까.

게다가 몇몇 저항하는 유저는 가차 없이 두드려 맞고 끌려

갔다. 어차피 게임이고 죽어도 상관없다고 하지만 시각적인 폭력 현장의 중심에 서 있다는 건 현대인들에게 상당한 압박으로 다가온다.

특히 게임에서 사냥을 즐기기보다 마을에서 더 오랜 시간을 보낸 유저들은 더더욱.

게임에 현실을 이입하기에 순순히 끌려간다. 그런 유저들의 귓가에 보좌관의 조용한 한마디가 꽂힌다.

"어디지. 어떤 놈들이 저런 버러지들을 넣어서 감히 영지를 망치려고……. 가만두지 않는다."

그 영주에 보좌관이다. 한시민의 명령이 떨어지기가 무섭게 보좌관은 기다렸다는 듯 세상모르고 날뛰던 사람들을 전부 내쫓아버렸다.

리치 카지노 역시 마찬가지였다. 이제 막 개업하고 입소문을 통해 수많은 사람이 몰리는 피크 때 모여든 방해꾼들을 한시민은 조금의 자비도 없이 내쫓았다.

"아직도 사이비 종교의 잔당들이 활동하고 있는 거 같으니 병력 좀 지원해 주세요."

그런 짓을 하기 위해 공권력을 활용하는 데 조금의 망설임 또한 없다. 사람들은 쫓겨나면서 이러고도 장사 잘될 거 같냐는 협박을 서슴지 않았지만 눈 하나 깜빡하지 않았다.

"응, 알아서 잘해. 너희 없어도 올 사람은 와."

무한 긍정의 힘. 손님 하나라도 더 붙잡아야 한 푼이라도 버는 게 맞지만 한시민은 언제나 이해관계에 대한 계산 하나는 철저한 사람이다.

그는 정확히 안다. 냉철한 사업가다.

"어차피 리치 영지나 카지노에서 한 푼도 쓰지 않을 놈들이 VVIP인 척 허세는. 돈 안 쓰는 놈들은 손님이 아니라 손놈이야."

물론 사람들 앞에서 직접적으로 말하진 않았다. 하지만 행동에서 이미 여실히 드러났다. 사람들은 시작은 메인 퀘스트에 대한 불만이었지만 점점 이런 강압적인 태도에 불만을 갖고 항의했다. 하나 그런 항의는 오래가지 못했다.

"와, 진짜 줬네. 난 또 뒤통수 맞았다고 안 줄 줄 알았는데."

"그걸 다 받아냈어? 대단하네. 뭐뭐 받았는지 나도 볼래."

"구경시켜 준다. 오빠만 따라와라."

"와!"

정산 후 입금이 완료된 한시민에게 두려울 건 없었으니. 한국뿐 아니라 세계 곳곳에 켄지에게서 받기로 한 것들을 전해

받았다.

혹시 복수를 하겠다고 꿀꺽 삼키면 어쩌나 하던 마지막 고민이 날아간 순간 뭐가 문제겠는가. 막말로 당장 판타스틱 월드의 모든 걸 처분하고 들이대는 강예슬과 결혼해 평생 그냥 놀러 다니면서 놀고먹어도 그만이다. 하지만 그러지 않는 이유는 하나다.

"어른들이, 부자들이 왜 아무것도 안 해도 먹고살 수 있는데 일하겠다고 돌아다니는지 알 것 같다."

뭐라 설명할 수는 없다. 한시민 또한 그렇게 생각했던 때가 있었으니까.

다들 그렇다. 개처럼 일하며 시급 5천 원도 받기 빠듯한 세상에서 매일같이 생각하는 게 그런 거지 않겠는가.

나는 진짜 로또 당첨돼서 평생 놀고먹을 돈만 마련되면 아무것도 하지 않고 놀아야지. 통장에 한 100억만 있으면 집 사고 차 사고 게임이나 하면서 살아야지.

그런 생각을 여전히 갖고 있는 한시민의 통장에 100억이 훨씬 넘는 돈이 들어왔다. 그럼에도 그는 공약을 이행하지 못하고 있다.

당장에라도 때려치우고 놀고먹는 게 맞는데. 굳이 여기서 더 번다고 해도 도박이나 사업을 통해 날려먹지만 않으면 평생 써도 못 쓸 돈이라는 걸 아는데.

뗄 수가 없다.

"왜?"

"그냥…… 설명하기 어려운데 땅바닥에 돈을 버리는 기분이야."

어쩔 수 없다. 바보라 욕해도 상관없다.

한시민의 계산법으론 그렇다. 더 벌 수 있는데 안 버는 건 그 돈을 그대로 땅바닥에 버리는 것이다. 버리면 버리는 대로 기분이 나쁘겠지만 그 돈들이 다른 사람들에게 굴러간다는 것 자체를 용납할 수 없다.

해서 개처럼 더 뛴다. 돈이 넘치고 흘러내림에도.

그게 카지노와 리치 영지를 번성하게 하기 위해 사람들의 비난을 감수하면서도 결단을 내린 이유였다.

그리고 본능적으로 느끼고도 있었다.

'평생 연금이 얼마 남지 않았다.'

게임을 조금이라도 해본 유저라면 누구나 알 것이다.

천왕과 마왕이 등장했다. 메인 퀘스트가 뻔한 패턴대로 흘러가는 걸 틀어놓긴 했지만 그 끝은 얼마 남지 않았을 것이다.

메인 퀘스트가 끝나고 난 다음의 판타스틱 월드는 어떨까. 분명 유저의 수가 줄어들 것이다. 하지만 또 하나의 세상은 메인 퀘스트가 끝났다고 해서 사라지지 않는다.

알아서 흘러가는 세계. 많은 일이 일어날 것이고 정착해 둔 한시민의 사업체들은 알아서 돌아가며 돈을 꼬박꼬박 내줄 것이다. 거기까지만 가면 된다.

"오빠, 그런데 진짜 메인 퀘스트 이거 안 넘길 거야?"

"넘겨야지. 원래 빨리 뽑아먹고 치고 나가서 더 많은 이득을 취하는 게 정석이야."

"그런데 왜⋯⋯."

"근데 저 사람들이 원하니까 해주는 것처럼 보이면 안 되지. 다 날 위해서, 내가 뽑아먹으려고 하는 건데 그렇게 보이면 아주 그냥 이래라저래라 난리 난다고."

"⋯⋯."

"아직 천왕이 마음의 결정을 내리지 못하기도 했고."

"진짜 저기 쫓겨나는 사람들 불쌍하다."

"용기에 대해선 박수를 쳐 주고 싶긴 하네. 저 시간에 몬스터 한 마리라도 더 잡으면 레벨도 오르고 돈도 벌 텐데. 불쌍한 불우이웃을 위해 자기 아이템을 직접 기부하러 여기까지 오셨는데 내가 또 대접을 소홀하게 할 순 없잖아."

그 과정에서 벌어지는 일들이야 게임에서 일어나는 작은 해프닝. 그쯤으로 여길 준비가 충분히 된 한시민이었다.

4

무엇이든 선의의 경쟁이란 존재하지 않는다. 존재하더라도 그건 어디까지나 결과가 나오기 전까지나 존재하는 단어. 결과가 나오고 1등과 그렇지 않은 자가 생기면 결국 세상은 같은 선상에서 뛰던 사람들을 두 부류로 분류한다.

승자와 패자, 성공과 실패.

그건 어떤 경쟁이든 마찬가지다. 아무것도 걸려 있지 않아도 그렇고 심지어 1초, 아니, 0.01초의 차이만으로 그것이 갈리기도 한다.

한편에서는 그런 순위만을 동경하는 문화를 자제하자며 2등에게도 박수를 쳐 주곤 하지만 결국 어디까지나 위안일 뿐이다.

최종적으로 주목을 받는 건 승자뿐이다. 스포츠든, 수능이든, 거래든, 선거든.

과정에서 어떠한 더러운 짓이 오갔든 승자만이 기억된다.

오죽하면 전쟁에서 승자가 역사를 쓴다는 말이 나오겠는가.

삼대가 멸족당할 각오를 하고 반역을 계획하는 것 또한 마찬가지다. 성공만 하면 그들은 반역자가 아니라 혁명가로 기록된다.

그건 게임에서도 마찬가지다.

최초.

그 단어는 게임에서 오직 단 한 사람만이 가져갈 수 있다.

현실과 다를 게 없는 세상. 그곳에서 한시민과 천왕 마왕을 입증하는 것으로 정반대의 위치에 서서 경쟁했던 켄지라고 다를까.

전혀.

현실에서 세계를 움켜쥐고 있는 부자라 해도 피해갈 수 없었다.

패배자, 실패자.

대놓고 그에게 손가락질하는 사람은 별로 없었다. 그의 편에 서서 황제에게 반기를 들었던 자들은 그에게 투덜댈 여유 따위가 없었으니까.

당장 목숨을 구걸하기 위해 고개를 숙이고 황제에게 잘못을 빌 시간도 부족하다. 해서 일을 벌인 켄지는 무사할 수 있었지만 몰려오는 허무함은 어쩔 수 없었다.

"......"

그 허무함이 정신적인 것이라면 버틸 만했을지도 모른다. 하지만 그는 한시민에게 지불해야 할 돈도 다 지불했다.

물론 마음 같아선 주고 싶지 않았다. 그도 사람인지라 당연하다. 그럼에도 그는 이성을 되찾고 주기로 한 건 줬다.

그게 그의 인성이다. 세계에서 가장 부자라는 말도 안 되는 타이틀을 딸 수 있었던 원천이다.

공과 사는 구분한다. 한시민과의 거래는 어디까지나 정보의 교환이었다. 뒤통수칠 건 그도 예상하고 있었고 그 또한 계획했던 것이 있었다. 이번엔 한시민이 더 빨랐을 뿐이다.

아니, 이번에도겠지만.

어쨌든 마냥 풀 죽어 있지만은 않았다. 이렇게 가만히 있어봤자 달라지는 건 없다. 어영부영 상황이 흘러가는 것처럼 보였지만 결코 그렇지 않을 것이다.

그가 직접 황제를 오랜 시간 겪어본 건 아니지만 소문으로 들어온 황제는 그냥 끝낼 리 없다. 이번 기회를 구실 삼아 불순한 생각을 가지고 있던 왕국들에게 다시 한번 제국의 위엄을 보여줄 것이다.

거기서 켄지 왕국은 빠져나가지 못하리라.

억울해도 다른 방법을 찾아야 한다. 막연히 그런 상황이 오지 않기만을 기다리는 건 바보 같은 생각이다.

켄지가 움직였다.

천왕이 미끼를 물었다.

"주겠다."

"그래야지. 잘 생각했어. 일단 살고 봐야지. 천왕이라고 뭐 천년만년 여기서 썩고 있을 수만은 없잖아. 얼른 돌아가서 정비도 하고 복수하러 와야지."

결정을 내린 순간 망설임 없이 대륙에 가지고 왔던 한시민의 성역을 건넸다. 그렇게 많은 시간이 흐른 건 아니었지만 성역을 받아 드는 한시민의 표정엔 감격이 가득했다.

"드디어. 이 멍청한 놈, 빌어먹을 마족 새끼한테 맡겼다가 아주 개고생하고 돌아오는구나. 이제는 오빠랑 꽃길만 걷자."

"……"

사실 모든 일의 시작은 이거라고 말해도 과언이 아니다.

만약 천왕이 한시민의 성역을 빼앗아 가지만 않았더라면 천왕이 마왕을 압도해 이기는 일은 벌어지지 않았을 것이고, 에피아와 한시민이 천왕을 엿 먹이기 위해 천계로 넘어가는 일도 없었을 것이며, 천왕의 성에서 천계 이동 게이트를 신물 두 개를 제물 삼아 오픈할 일도……

"그건 뭐 어찌 됐든 열었겠네."

대륙으로 넘어오긴 했어야 하니까. 어쨌든 모든 책임은 천왕에게 있다. 해서 죄책감 없이 받아 들었다.

"……"

"뭐, 인마. 그렇게 봐도 신물은 못 넘겨준다. 나중에 빼앗아 가든 알아서 해. 이미 강화까지 다 해놓은 건데 미쳤다고 주냐."

뻔뻔하기 그지없는 말과 함께 품에서 반쪽짜리 하트를 꺼내

던졌다.

에피아가 쓰고 남은 하트. 황제에게 혹여 너무 많은 마력을 회복하면 의심을 받을까라는 명분으로 반을 잘랐지만 사실 한시민이 꿀꺽하려고 반만 사용한 하트가 천왕에게 넘어갔다.

"들키지 않게 잘 꺼져라. 에피아가 썼을 때도 일시적이었고 그거 가지고는 뒤집기 힘드니까 딴생각하지 말고."

아깝긴 하지만 이 정도가 아니면 천왕이 천계로 넘어갈 만한 마력을 지닌 게 없다. 해서 넘겼다.

"그리고 여기다 지장 찍어. 안 하겠지만 혹시 다른 마음을 먹을 수도 있으니."

성역과 계약서. 이 두 개면 공짜로 얻은 반쪽짜리 하트의 값어치로는 충분하다. 천왕이 대충 계약서를 훑고는 서명했다.

별 소란 피우지 않고 조용히 천계로 넘어가겠다는 내용. 한시민은 딱 거기까지만 작성했다.

그러곤 미련 없이 등을 돌렸다.

"잘 가."

승리다. 더 뜯어먹고자 한다면 뜯어먹을 수도 있다. 하지만 지금까지 뜯어먹은 굵직한 것들에 비하면 소소하다. 더군다나 한시민은 지쳤다.

"시방. 진짜 한 1주일만 쉬다 와야지."

한시민 평생에 있어 가장 큰 결심이자 동시에 진심이었다.

마계 에피소드. 대륙까지 이어진 이번 메인 퀘스트는 길어도 너무 길었다.

한시민뿐 아니라 수많은 유저가 날밤을 새웠겠지만 퀘스트의 중심에서 그걸 이끌어 나가고 미래까지 계획하며 움직인 그의 정신적인 피로는 말로 표현할 수 없을 정도다.

그건 하루 쉬고 오니까 더했다. 끊임없이 달리던 컴퓨터가 퍼진 느낌이랄까.

또다시 달리기 위한 충전이 필요하다. 그러기 위해 놓친 게 있나 다시 한번 확인했다.

'켄지, 해결됐고 에피아, 천왕 만들었고, 천왕 내보냈고.'

훌륭하다.

'정산받았고.'

마무리까지 완벽하다. 그럼 됐다.

한시민이 곧장 길드 대화를 열었다.

"우리 여행가요. 한 1주일."

-오, 어디? 어디?

"남부나 동부가 놀러 가기 좋다는데."

-시민 씨가 좋은 데로 가시죠.

대답은 곧장 들려왔다. 한시민이 인상을 찌푸렸다.

"1주일이나 쉬는데 판월에서 쉬고 싶진 않네요. 이 지긋지긋한 베타고의 세상. 이왕 가는 거 해외로 가요, 휴양지로. 바다가 펼쳐져 있어서 비키니 입은 쭉빵 누님이 많고 맛있는 음식이 많은 곳으로."

-아니, 오빠. 내가 있는데 쭉빵 누님이라니?

"……너 뭐. 설아 씨면 모를까."

-너무해.

뜻밖의 제안에 스페셜리스트도 오랜만에 활기가 돌았다. 그들 역시 알아주는 게임 폐인들이지만 20대 청춘이다. 좋아하는 사람들과의 여행을 마다할 리가 없다.

"자, 그럼 가기로 하고 비행기값은 제가 부담할 테니 나머지 경비는 세 분이서 부담하는 거 어떠십니까."

-웬일이야, 오빠가?

-전 좋아요.

-너 이 자식, 어디서 공짜 표 구해오려고 그러는 거지.

"어허, 형님. 섭섭한 소리 하지 마십쇼."

-난 솔직히 시민 오빠가 여행 가자 했을 때 내가 다 내려고 했는데. 역시 사람은 돈을 벌어야 하나 봐.

그렇게 한시민의 선심까지 더해진 여행 계획이 잡혔다.

켄지가 몰래 대신전 지하 감옥을 찾았다. 그게 가능할까 싶었지만 생각보다 쉬웠다. 이미 천왕인지 마왕인지 갇힌 지하 감옥에 한시민이 모험가들의 출입을 허가해 주라는 말을 해놨 었으니까.

천왕에게 외부의 소식을 알리고 빠르게 포기시키기 위함이 었지만 원하는 바를 이루고 나선 딱히 통제하라 말하지 않았 다. 어차피 천왕은 지하 감옥에서 탈옥할 테니까.

번거롭게 한마디 더하는 건 군대를 갔다 온 남자라면 있을 수 없는 일. 그렇기에 켄지는 아직 떠나지 않은 천왕을 마주할 수 있었다.

"따라가고 싶습니다."

천왕은 대꾸하지 않았다. 그저 들고 있는 하트를 흡수할 뿐 이었다.

켄지는 개의치 않고 무릎을 꿇었다.

"복수를 돕겠습니다. 전 그럴 힘이 있습니다."

"인간의 도움 따위는 필요 없다."

그 말에 천왕이 처음으로 대꾸했다.

매정한 거절. 하지만 대꾸조차 하지 않던 그에게 건네진 첫 말이었다. 켄지는 그것을 긍정으로 해석했다.

"물론 지금은 불가능합니다. 하나 전 모험가입니다. 그 인간 과 아주 밀접한 관계를 맺고 있기도 합니다. 직접적으로 복수 하는 건 어렵지만 천계에서 대륙으로 넘어왔을 때, 그 인간을 천왕님 앞에 데리고 올 자신은 있습니다."

"……."

"따라가게만 해주십시오."

그런 긍정의 힘은 의외로 천왕에게 전달되었다. 전달될 수밖에 없었다. 그럴 만한 상황이다.

평소였다면 거들떠보지도 않을 말이지만 지금 천왕에겐 감히 천왕의 자존심을 바닥까지 치게 한 인간 놈과 그의 행세를 하며 대륙에서 대접받는 에피아에 대한 분노가 머리끝까지 치밀어 있는 상황.

그냥 진 것도 아니다. 정면 대결에선 완벽한 압승을 거둔 뒤에 이렇게 비겁하고 저열하게 지니 더 억울하다.

정말이지 인간의 도움을 받아서라도 복수할 수 있다면 그렇게 할 수 있을 것만 같다. 게다가 켄지가 판도 깔아주지 않는가.

윈윈의 관계가 아니다. 일방적으로 굽힌다. 데리고만 가주면 무엇이든 하겠다고 한다.

물론 원하는 바는 있을 것이다. 또 천왕, 그는 인간이 원하는 바 정도는 얼마든지 들어줄 수 있다.

천왕이 대답 대신 시선을 돌리고 하던 흡수를 마저 했다. 대답이 없었지만 축객령 또한 없었다.

켄지는 조용히 천왕에게 다가갔다. 하트가 흡수되며 요동치는 신성력은 지하 감옥의 철창 따위는 가볍게 날려 버렸다.

가까이 다가갈 때까지도 천왕은 막지 않았다. 그의 곁에 서 있던 최상급 천족들 또한 마찬가지였다.

무시. 하지만 인정.

켄지가 겸손한 미소를 삼키며 일정 거리를 유지한 채 기다렸다. 그러곤 길드 대화를 열었다.

-성공했습니다. 다녀오겠습니다. 올 때까지 최대한 레벨 업에만 매진해 주세요.

-길마님, 화이팅입니다.

-기다리고 있겠습니다.

그를 따르는 원년 켄지 길드원들과 왕국이 있지만 그는 혼자 떠난다. 당연히 꼽사리 껴서 어떻게든 따라가는 주제에 혹시 길드원들도 데리고 가면 안 되냐는 말 따위를 할 수 있을 리가 없지 않은가.

미안하지만 어쩔 수 없다. 나중에 돌아와 챙기면 된다. 그렇게 이별을 고하는 사이에 천왕이 일시적이나마 얻은 신성력을 모조리 쏟아부어 게이트를 열었다. 걸어 들어가는 천왕과 최상급 천족들의 뒤를 켄지가 서둘러 따랐다.

긴장되는 동시에 두근거렸다. 지금까지 쌓아온 것을 모두 버린 것이나 다름이 없지만 새로운 시작이다.

천왕의 후계.

너무 먼 미래를 김칫국 마시는 것일 수도 있지만 무려 이 정보를 얻기 위해 그의 전용기를 한시민에게 1년이나 대여해 주었다. 그것이 손해가 될지 안 될지는 앞으로 그의 행동에 달렸다.

　한시민도 예측하지 못한 변수가 하나 던져졌다.

Episode 58.
화려한 여행(1)

1

여행을 준비할 때 보통의 사람들은 현실을 정리한다. 이를 테면 여행을 떠나고 나서 자신의 빈자리로 인해 벌어질 수 있는 상황들에 대한 대비랄까.

그게 업무든 집안일이든 육아든 뭐든. 짐을 싸고 그 시간 동안 자신이 해야 할 일들을 주변 사람들에게 부탁하거나 준비해 놓는다.

하지만 한시민의 경우엔 조금 달랐다.

"한 1주일 놀다 올 거니까 이상한 놈들 보이면 알아서 정리하고. 인정사정 봐주지 말고 다 죽여 버려. 아리아랑 그로킬레도 요즘 잘 안 보이던데 허튼짓하지 않나 감시 잘하고. 빼액이

배고프다고 하면 호구 놈 불러다가 밥 좀 주라 하고. 토끼들이랑 수달이 농땡이 안 치나 감시 잘하고 에피아한테는 내가 잘 말해둘 테니."

"……."

당장 네 시간 뒤에 공항에서 만나기로 했는데 짐을 쌀 생각은커녕 그 시간에도 게임에 접속해 게임에서의 빈자리를 생각한다.

평범한 사람들이 보기엔 어이가 없을 그림이지만 한시민에겐 아주 당연한 것이었다. 그러면서 어렸을 적 여행을 떠나며 동생을 잘 챙기라고 하나하나 당부하던 부모님의 마음을 이해할 수 있을 것 같았다.

고작 1주일인데. 뭐 세상이 뒤바뀌는 것도 아니고 그냥 다녀오면 되지.

그랬었는데 떠나는 입장에선 그게 안 되나 보다.

떠나 있는 동안 영지가 망하면 어떻게 하지?

오만 가지 생각이 다 든다.

어찌어찌 그런 생각을 옆으로 치우고 캡슐에서 나온 한시민은 곧장 지갑과 휴대폰만 챙겨 집을 나섰다.

지하 주차장에 당당히 주차되어 있는 외제차!

세상에 단 하나뿐인, 오너의 요청에 따라 만들어지는 켄지의 애마 중 하나가 눈에 들어왔지만 한시민은 눈길 한 번 주고 스쳐 지나갈 뿐이었다.

"차가 있으면 뭐 해. 운전을 못 하는데."

처음엔 당연히 좋았다. 그도 남자고 좋은 차를, 그것도 다른 사람들이 보면 우와! 할 법한 멋지고 비싼 차를 갖게 되었는데 좋지 않을 리가 있나.

당장에라도 타고 거리를 누비며 사람들이 카푸어가 되면서도 고급 차를 구매하는 이유를 실감해 보고 싶었지만 아쉽게도 현실은 그렇게 호락호락하지 않았다.

일단 면허를 딴 지 벌써 6년이 지났으며 그사이 운전을 단한 번도 해보지 않았다는 점이 발목을 잡았다.

뭐, 하는 거야 문제가 없긴 하다. 하나 한시민이 그 자신을 믿지 못했다.

"괜히 객기 부리다 뒈지면 누구 좋으라고."

힘들게 원룸에서 빌빌거리며 살다가 겨우 편 인생이다. 면허가 장롱에서 썩어 문드러져 없는 것이나 마찬가지인 그가 핸들을 잡았다가 사고라도 나서 편 인생에서 잔뜩 쌓인 돈을 써보지도 못하고 그대로 인생을 마감하는 일이 생길 확률은 그가 신물을 15강까지 할 확률보다 높겠지.

게임에서만큼은 생각하면 행동하는 거침없는 행동파지만 현실에서는 그 누구보다 안전을 추구하는 안전파였다.

해서 미련이 없었다. 조금 주차장에 둔다고 차가 사라지진 않는다.

"다시 연습해서 타고 다녀야지."

비싼 차니까 마냥 전시용으로 둘 수만도 없다. 문제는 운전을 연습할 시간이 있느냐지만.

빌딩 하나를 살 수 있는 가격의 자동차를 두고 한시민이 택시를 잡았다.

공항은 언제나 북적인다. 대한민국에서 나가는 사람들부터 들어오는 사람들까지. 판타스틱 월드가 나오고 세계적으로 관광을 다니는 사람들의 숫자가 줄었다는 통계가 나온 게 무의미할 정도로 보이는 사람들의 숫자는 여전히 많다. 평일인데도 불구하고.

업무차 해외에 나가는 사람들과 그걸 개의치 않고 놀러 다니는 사람이 많다는 뜻이다. 스페셜리스트처럼.

"일찍 오셨네요?"

먼저 도착해서 커피를 마시고 있는 셋을 향해 다가가는 한시민이 절로 감탄을 터뜨렸다.

"와, 역시 예쁘시네."

원래도 예뻤지만 역시 현실에서 보는 꾸민 정설아는 더 예뻤다.

"오빠, 나는?"

"너도 나름 땅콩만 한 매력이 있네."

"씨, 무슨 말이야."

"농담이야. 정말 그 얼굴들로 왜 게임들 하시는지 모르겠네,
난."

강예슬도 마찬가지였고.

이미 미인들에 익숙해진 한시민의 표정이 괜스레 찌푸려졌
다.

역시 세상엔 이상한 사람이 많다. 처음 만났을 때부터 생각
했던 것이지만 이렇게 만날 때마다 자꾸 그런 생각들이 드는
건 어쩔 수 없다.

굳이 게임 같은 거 하지 않고 연예인이나 사람들의 관심을
먹고 돈을 버는 직업을 택했으면 지금처럼 잠도 제대로 못 자
고 돈만 펑펑 쓰는 상황이 오진 않았을 텐데.

"……는 그러지 않아도 부자구나."

"돈이야 오빠만큼은 아니지만 나도 많아. 그러니 나랑 살
자."

사는 방식이야 한시민이라고 남이 이해할 수 있을 만큼 평
범하게 사는 건 아니었기에 가볍게 말을 무시하며 걸음을 옮
겼다.

"그런데 어디로 가냐."

설레는 마음으로 떠들며 따르는 와중에 정현수가 물었다. 목적지와 비행기에 대해선 한시민이 전적으로 책임지기로 한 상황이라 신경 쓰지 않았지만 막상 와서 출발할 때가 오니 궁금할 수밖에 없다.

아니, 원래부터 궁금했다. 여행을 가기로 한 순간부터.

천하의 한시민이, 재벌들을 두고 여행 비용을 부담하겠다는 말을 하다니.

그것도 총비용에서 상당 부분을 담당하고 있는 비행기를!

어찌 안 궁금하겠는가. 안타깝게도 제 돈을 내고 구해오는 것보다 어떻게 할인 티켓을 후려쳐서 구해올지 의문부터 드는 남자인데.

정현수의 정곡을 찌르는 말에 정설아와 강예슬도 떠들던 말들을 멈추고 귀를 기울였다.

한시민은 어깨를 잔뜩 편 채 자랑했다.

"몰디브로 간다!"

"……!"

순간 셋의 걸음이 멈췄다. 그리고 되물었다.

"예?"

"몰디브?"

"잘못 들었나?"

"몰디브! 퍼스트 클래스로 모십니다. 나만 따라오십쇼."

"……."

되물었음에도 대답은 달라지지 않았다. 당연히 걸음은 쉽사리 떨어지지 못했다. 오지선다형에서 2번이 답일까 3번이 답일까 고민하다 끝내 선생님께 답을 여쭤봤는데 아주 당연하다는 듯 5번이라고 했을 때의 기분이랄까.

내가 잘못 들었나 싶기도 하고 동시에 선생님이 어디 아픈 건 아닐까 의심되기도 한다. 그러면서 또 주변의 친구들과 함께 계산을 잘못한 것인가 확인했지만 그들 역시 마찬가지의 반응.

이 이질감을 없애기 위해 가장 확실한 방법은 묻는 것이다.

"몰디브? 제주도가 아니라?"

"난 어디 베트남 같은데 저가 항공 떨이로 나온 거 가져온 줄 알았는데."

"죄송해요. 사실 공항 오기 전까지만 해도 배 타고 가는 줄 알았어요."

"와, 너무들 하시네."

스페셜리스트는 속마음을 숨기지 않고 밝혔다. 한시민도 서운함을 밝혔지만 딱히 반발은 하지 않았다. 실제로 이야기가 잘 안 됐으면 이들이 우려했던 일들이 벌어졌을지도 모르니까.

그래도 그건 어디까지나 잘 안 됐을 때의 이야기다. 약속했던 부분은 어떻게 이야기가 잘돼서 비행기를 구했고 여행지 또한 1주일 정도 휴식을 취하기 딱 좋은 곳으로 정할 수 있었다.

"짠!"

"……."

"전용기?"

"또 켄지 오빠 털었네."

그 과정이 어찌 됐든.

이제는 하다 하다 전용기까지 삥 뜯는 모습에 셋이 고개를 저으면서도 얼른 몸을 던졌다. 둘 사이에 일어난 썰이야 비행기 안에서 들어도 충분하니까.

2

고급스러운 조명이 은근한 빛을 내는 어두운 밀실. 방음이 철저한 룸에 고급 양주들과 안주들이 깔려 있다.

그리고 앉아 있는 두 남자.

한눈에 봐도 부티가 좔좔 흐르는 부자와 대충 츄리닝을 걸치고 있는 반백수.

반백수 한시민이 말했다.

"비행기 좀 빌려주세요. 그 주신 휴양지 펜션 중에 몰디브 괜찮은 거 같아서 좀 놀러 갔다 오려 하는데 비행기가 없어서."

"……."

불과 며칠 전에 거하게 뒤통수를 쳐 판월 인생을 완전히 망쳐 놓은 인간이 할 소리인가.

켄지는 술잔을 홀짝이며 그런 생각을 했다. 평생 그가 본 인간 중 가장 특이한 인간인 건 분명하다. 세상에 이렇게 공과 사를 거의 망각하다시피 할 정도로 잘 구분하는 사람이 있을까.

뭐, 현실은 아니지만 그래도 엄청난 돈을 투자한 게임에서 한순간에 주저앉게 만든 원인을 제공한 사람은 한밤중에 전용기를 타고 찾아온 피해자가 갖고 있을 원한 같은 건 생각해 보지 않았나. 다짜고짜 하는 말이 사과도 아니고 요구라니.

"푸하하."

역시, 마음에 든다.

비록 만신창이가 됐지만 켄지의 마음 한구석엔 언제나 게임은 게임이라는 마인드가 있다. 그래서 찾아올 수 있었던 것이고.

비록 대화의 물꼬가 이상한 쪽으로 트였지만 그것 또한 상관없다. 언제나 한시민과의 대화는 이렇게 시작됐으니.

"앞으로의 계획에 대한 정보와 전용기를 교환하죠. 여행 가신 동안 편안하게 이용할 수 있도록 해드리겠습니다."

"오! 전용기를 달라는 말은 아니었는데."

그가 책임지고 있는 길드원들이나 왕국의 사람들 때문만은 아니다. 위기는 곧 기회라고 이런 와중에도 살아날 방법을 찾기 위해서다.

의미 없는 짓일 수도 있지만 켄지는 지금까지 이런 식으로 수없이 많은 위기를 헤쳐 나왔고 여기까지 오를 수 있었다. 그 선택은 이번에도 틀리지 않았다.

"전용기 1년 대여, 필요한 경비 모두 부담. 그거면 다 알려드릴게요. 어차피 끝난 마당에 뒤통수 안 치겠다는 약속까지. 콜?"

"콜입니다."

"그럼 알려드릴게요. 제일 궁금해하실 메인 퀘스트. 그건 곧 넘길 거예요. 질질 끈다고 사골이 우려 나는 것도 아니고, 예전에 말씀드렸듯 천왕은 다시 천계로 돌려보낼 거고요. 그렇게까지 하는데 메인 퀘스트가 안 넘어가면 어쩔 수 없는 거고. 천왕은 돌아가면 바로 대륙으로 넘어오기보다 마계를 점령하려고 할 테고 그러면서 버는 시간 동안 전 대륙에서 잘 먹고 잘살다가 나중에 어떻게든 되겠죠. 끝. 그게 제 모든 계획입니다. 어떻게 써먹으시든 알아서 하세요. 그럼 즐거운 한국

여행 되세요."

더 이상의 변수는 없다는 확신과 함께 전해준 정보. 켄지는
이 정보로 타이밍 맞춰 천왕이 천계로 돌아가는 순간 합류할
수 있었고 대륙인 최초로 천왕과 함께 천계에 오는 영광을 누
릴 수 있었다.

엄밀히 따지면 한시민에 이어 두 번째지만 한시민이 마계에
마족과 함께했다는 점이었음을 감안해 천계와 마계, 라이벌
구도로 최초를 나누어 가지는 느낌을 충분히 살릴 수 있달까.

컨텐츠로도 쓰기 훌륭하고 동시에 스토리텔링 또한 아주
깔끔하다.

추락한 영웅의 과거, 일어나기 위해 위기에 던진 한 몸, 그리
고 나중에 돌아와 악에 정복당한 대륙을 구하는 스토리.

한눈에 펼쳐진다. 물론 그런 소설 같은 이야기는 어디까지
나 소설처럼 진행되어야 가능한 것.

현실적으로 어떻게 따라왔다고는 해도 천왕이 갑자기 인간
따위를 그의 후계자로 삼고 모든 힘을 전해줄 일 따위는 없다.
그러기 위해 필요한 건 그런 소설 같은 설정과 더불어 돈이다.

켄지는 돈을 썼고 정보를 샀다. 천계의 휘황찬란한 배경에
한눈팔지 않고 곧장 한 걸음 나선다.

천왕이 그에게 조금이라도 흥미가 남아 있을 때, 데리고는
왔지만 언제 어디서 버릴지 모르는 끈 떨어진 신세가 되지 않

기 위해 가지고 있는 히든카드를 아낌없이 푼다.

"마계 먼저 정리하시고 대륙으로 가실 생각이시면 계획을 변경하시는 게 좋습니다."

"……?"

그도 점점 한시민에게 물들어 가고 있었다.

to be continued

Wish Books
백수귀족 판타지 장편소설
바바리안 퀘스트
하늘산맥은 영혼들의 쉼터였고,
산 자는 하늘산맥을 올라선 안 된다.
모두가 그리 믿고 있었다.
“너는 위대한 전사가 될 거다, 유릭.”
촉망받는 부족전사 유릭은 하늘산맥을 넘었고,
그곳에서 스스로를 문명인이라 칭하는 사람들과 마주한다.
『바바리안 퀘스트』
야만인 유릭이 문명세계로 간다.

쥐뿔도 없는 회귀

목마 퓨전판타지 장편소설

불친절하기 짝이 없는 이세계 '에리아'.
그곳에 소환된 '이성민'.

13년의 생활 끝에 죽음을 맞이한 그에게
또 한 번의 기회가 주어졌다.

재능이 없다.
그러나 그에겐 13년의 기억이 있다.

우연처럼 엮인 필연이, 그리고 목적이
그를 앞으로, 더 높은 곳으로 나아가게 한다.

이성민은 무엇을 바라였는가.
무엇이 되고 싶었는가.

"나는 다시 살아가 보고 싶다.
전생보다 나은 삶을."